講談社文庫

幻想短編集

堀川アサコ

講談社

幻想短編集

第一話　幻想ハイヒール

1　登天郵便局にて

登天《とうてん》郵便局に郵便物を運んでくる人物は、明治時代の郵便配達夫の格好をしていた。黒い三角帽子をかぶり、黒い詰襟の制服を着て、斜め掛けの紐《ひも》のついた黒い箱には白いペンキで「御用」「郵便」と書かれている。

この人は実際に、明治時代からずっと郵便を運び続けているのかもしれない。職業的な地縛霊《じばくれい》として。

地縛霊――？

いかにも。登天郵便局はこの世の果て、あの世の入り口だ。

死者はこの郵便局で、今生に残して来た人たちに名残《なごり》の手紙を出す。

登天郵便局こそは、この世とあの世をつなぐ、地獄の一丁目なのだから。

「地獄の一丁目？　まあ、どうとでもいいなさいよ」

そんなふうに突き放してみせるのは、貯金窓口担当の青木《あおき》さんだ。パンチパーマの貧相な中年男で、眼鏡《めがね》の奥の目が細くて陰険で、食い意地が張って、大人げなくて、なぜかオネエ言葉を使う。愛想もくそもない。機嫌が悪けりゃお客にも八つ当たりをする。いわんや、お客でもない相手なんか、ミソクソだ。

だから、なぞの郵便配達夫は、一秒でも早く仕事を済ませて帰りたいらしかった。真っ黒装束、顔は三角帽の影でまるで真っ黒のお面でもかぶったみたいに見える彼にも、苦手な相手はいるようだ。

「ゆうびーん」

彼なりに怯《おび》えて、まるで思春期の少年のような不愛想さで、手紙を差し出し、入って来た正面口へと駆け去った。

タッタッタッ。

タッタッタッ。

初夏の静寂の中に、郵便配達夫の足音だけが響き、やがて消える。

青木さんはいつものように不機嫌な顔を上げて、合板《ごうはん》のカウンターに置かれた封筒を見た。真っ黒い封筒だった。差出人も宛先も読み取れない。

これは、いってみれば手紙の幽霊である。

書かれはしたが、投函《とうかん》されることのなかった手紙が、ときとしてこの不思議な場所に運ばれてくるのだ。それがどういう基準で選別され、あの真っ黒装束の郵便配達夫に運ばれるのかは、だれも知らない。

ともあれ、不機嫌そうに見せて、実は青木さんはこの手紙が来るのを心待ちにしている。

他人の秘密、修羅場、感動秘話。

投函されなかった手紙には、生のゴシップが満載なのだ。

もちろん、郵便局（とはいえ、日本郵便ともどこの国の郵便事業ともまったく関係ない）の職員である青木さんが、ひとさまの郵便物を開けて中身を見るなんてことができるはずがない。

だけど、ここの業務の性質上、読めてしまうのだ。

「登天さん、また例の手紙が来たわよ」

局舎の前で焚火《たきび》をしている老人のもとへ、青木さんは真っ黒い封書を持って行った。

鼎《かなえ》とよばれる高そうな金盥《かなだらい》に火をおこして、小柄な老人がお客から受け取った手紙をお焚《た》き上げしている。手紙は煙となり、受け取る人の心に直接届く。その鼎の中で、アルミホイルに包んだ芋なんかを一緒に焼いている。

「ちょうどよかった。お芋が焼けました」

「あらあ、いいところに来たわあ」

青木さんは、嬉《うれ》しそうにいった。

「幽霊便ですか」

「幽霊便よ」

登天さんは真っ黒い手紙を受け取ると、あっさりした手つきで火の中に投じた。代わりに芋を取り出すと、デレッキを使ってアルミホイルをはがす。

「来るわよ、来るわよ――」

青木さんは目を輝かせて、晴天にのぼる真っ黒い煙を見上げた。煙は文字となり、空をスクリーンにして字幕のように流れ出す。


島岡真理子《しまおかまりこ》さまへ。

あなたという人は、本当に最低最悪の人ですね。こうして手紙を書く労力すらもったいないけど、あなたに対する怒りを飲み込んだまま、黙って生きていくなんてできませんから、こうしてペンをとっています。あなたにさえ会わなければ、こんな無駄でうんざりすることもしなくてよかったのです。まったく、考えれば考えるほど、あたまにきます。

あなたは世界中の男の人が自分を見て、自分を愛してくれると考えているらしいけど、その自信はいったいどこからくるんですか？　だれのものでも横取りして、自分が幸せならわたしのような被害者がどうなろうとかまわない。そう考えているんですよね。その図々《ずうずう》しさは生まれつきなんですか？　あなたが今、どこでどう生きているのか知りません。だから、この手紙を送り付けてやることもできません。だから、だから、この心に巣食う恨みを込めて、ひきだしの奥に入れておきます。正義の神さまが現れて、いつかこれをあなたに突き付けてくれることを願っています。

女の敵、島岡真理子さま、泥棒猫の島岡真理子さま、どうか不幸になってください。ろくな死に方しないでください。そして、永遠にさようなら（こんど、その顔を見たら、わたしは暴力に訴えずにはいられないでしょうから）

一九九五年　八月十三日　　山科真緒《やましなまお》

登天さんと青木さんは、青空の下に現れては消えてゆく煙の文字を、唖然《あぜん》と見つめた。

最後の一文字が消えると、登天さんは軍手を着けて、アルミホイルから取り出した芋を二つに割る。芋は濃い黄色でほくほくした甘い湯気を立てた。

「強烈でしたね」

そういって焼き芋を渡すと、青木さんは煙のにおいが残った鼻先で、てのひらをばたばたさせた。

「これがとどいてしまうなんて、いささか心配です」

「あら、自業自得なんじゃない？」

青木さんは芋を受け取って、熱そうに一口食べた。「甘いわあ」と、陰険な目を針のように細くする。毒々しい手紙の内容が、イモの甘さにほどよい苦みを加えているようだった。その苦みは、いわゆる蜜の味である。

「島岡真理子っていったらさあ、あの真理子ちゃんじゃない？」

「青木さん、お知り合いですか？」

「あら、覚えていない？　怨霊《おんりょう》のくせして、成仏しようってやって来て、あっち側に行けなかった子よ。ほら、ちょっと美人だけど、半分こげてて——。かったるいしゃべり方する、真理子ちゃんよう」

「ああ、ああ、思い出しました」

登天さんは、焼き芋をおいしそうにほおばる。

「どうしていますかねえ」

「ゲルマ電氣館《でんきかん》で『走馬灯』を見て成仏したって聞いたわよ。なんでも、あそこの支配人と結婚していたとか、いなかったとか」

「そうですか、幸せになったんですね」

「まあ、幸せかどうかはしらないけど」

幸せになったとしたら、この手紙の主は浮かばれないわ。そういって、青木さんは楽しそうに「ケッケッケッ」と笑った。

2　真理子さん（再）登場

登天郵便局という、この世とあの世の境目のことを、お祖母《ばあ》さまから聞いたことがある。

そういう場所は、けっこうある。死んだ人がこの世と関われる場所。

ここも、そうだ。

たそがれ探偵社という、幽霊専門の探偵事務所だ。ここで扱う案件は、大きなものから小さなものまで、超常現象がらみ。それを請け負う探偵長の大島《おおしま》ちゃんは、元ヤンキーで元幽霊で、そして大の怖がり屋ときている。だから、わたしが付いていてやらないとダメなのだ。

そのわたしとは、だれですか。

はい。わたしは楠本《くすもと》ユカリ、市立白妙東《しろたえひがし》中学校の三年生です。

お祖母さまが泣く子もだまるこの街のドン（楠本観光グループの会長）で、高齢なせいかあの世との境目を見つけるのが、妙にうまい。そして、祖母と孫娘は、そういう場所がすべからく面白いってことを知っている。

そんな強権ばあさんのお許しをいただいて、わたしはこの心霊スポット（といっていいと思う）に入り浸っている。なにせ、ここにはわたしの大好きなホラービデオが、わんさとあるのだ。むかし、この雑居ビルに入っていたレンタルビデオ屋が倒産して、借金のカタになったビデオカセットが、なぜかドドドッとたそがれ探偵社のロッカーに収まることになったらしい。

ずいぶんと以前のことだそうだから、その在庫というのは全部が骨董《こっとう》品みたいなＶＨＳだ。名作『エクソシスト』シリーズも、傑作『オーメン』シリーズも、わたしはここで繰り返し観《み》た。受験勉強どころか宿題もしないで、背筋を凍らせ古いブラウン管テレビにくぎ付けになる幸福感といったら——もう、もう、もうッ！

基本的に、うちは両親ともにおおらかで、わたしは甘やかされまくってのびのび育ってきた。だけど、家に居てホラービデオばかり観ていると、さすがに両親も心配する。そしてついには、ホラー禁止令なんかが発令されたりする。だから、親に心配をかけないため、このたそがれ探偵社に足しげく通っているというわけ。なかなか親孝行だとは思いませんか？

なのに、

「コギャル、そろそろ帰れ」

探偵長の大島ちゃんが、ブーたれている。コギャルというのは、わたしのことだ。九〇年代の流行語であるその呼び方に、かつて幽霊だった大島ちゃんの、失われた時間が内包されている。

さて、そんな大島ちゃんだが、不良っぽい髪型に、不良っぽいスーツ、不良っぽくとんがったエナメルの靴をはいてイキがっているけど、わたしが見ているホラービデオが怖くて仕方ないのだ。帰れといわれて帰るものか。今まさに、悪魔に取り憑《つ》かれたお婆《ばあ》さんが、よつんばいになって天井を這《は》いまわっているんだから。

「……………」

こちらをちらりと見て、冷たい視線を大島ちゃんに向けるのは、高野紫苑《たかのしおん》さんというお客さんだ。男なのに長いストレートヘアで、人形作家がこしらえたみたいに非の打ちどころのない美しい顔をした、摩訶不思議《まかふしぎ》な人である。全国展開するレーカイ不動産って会社の社員で、高野さんは事故物件の霊障を解決することを仕事にしている。

実際に霊障を解決するのは、大島ちゃんみたいな不思議な下請けなんだけど、高野さんも充分に不思議な人だ。たとえば北海道《ほっかいどう》に現れたかと思うと、一時間後には四国《しこく》に居たりするらしい。

そんな高野さんが今日来たのは、やっぱり幽霊物件に関する依頼のためだった。正確には、物件そのものに問題はないのだが、取り憑かれているらしい。取り憑くといったら幽霊と相場が決まっているが、高野さんが持ち込んで来たモノは、これもやっぱり幽霊なのだろうか？

黒くてシンプルな牛革のハイヒールである。

サイズは二三・五センチ。

オンボロとまではいかないまでも、使用感がある。

アイボリー色した内張りの部分に、黒いマジックで名前が書いてあった。

島岡真理子。

小学生の運動靴じゃないんだから、名前を書くとは珍しや。

そう思って手を掛けようとしたら、透けた。わたしの手はハイヒールをスカッと通り抜けてしまったのだ。この感じは以前にも体験したことがある。まだ幽霊だったときの大島ちゃんが、触れようとしても触れられず、スカスカ透けていた。（詳しくは

『幻想探偵社』参照)

黒いハイヒールには、清楚《せいそ》な色気がただよっている。

女の靴、女の靴。きっと美人がはいてたぜ。

大島ちゃんはスケベ心を発揮して、さっそく触ってみようとしたらしい。ところが、やはりわたしと同じでスカッと透けた。

高野さんだけは、これを運んでこられたのだけど、どうやったのだろう?

「幽霊なのか? 人間じゃなくても幽霊になるのか?」

大島ちゃんは、最近導入したというタブレット端末で、靴を写してみた。

果たしてそれは消えていた……なんてことはなく、ごく普通に画面に納まっている。

大島ちゃんは怖がりだから、心霊写真なんか撮ってしまったら即刻削除したろうけど、怖くない写真で安心したみたいだ。とはいえ、触れない靴なんだから、本当は写らない方が正解かも。それをいうと、怖がり出すに決まっているから、黙っていることにする。

一方の高野さんは、冷たいといえるくらい冷静だ。

「日本にはむかしから、付喪神《つくもがみ》というものがあります。年を経た道具が命を宿すというものですが。外国には船の幽霊がありますね」

「幽霊船！」

わたしが挙手して答えると、高野さんは目だけでうなずいた。

ともあれ、このおばけハイヒールが、レーカイ不動産の管理物件に唐突に出現したのだとか。たそがれ探偵社からもさほど離れていない宝船《たからぶね》市のコーポ古川《ふるかわ》二〇二号室に、だ。退去した人の忘れ物だろうと、玄関の隅に寄せようとして触れたら、スカッと透けた。その後に起こったことは、推して知るべし。ひっこしたばかりの入居者は、声を裏返して電話してきたという。

「だからって、おれン所に持って来られてもさあ……」

文句をいう大島ちゃんを無視して、高野さんは映画で観る陰陽師《おんみようじ》みたいな手振りをして、わけのわかんないことをいった。

「急急如律令」

キュウキュウニョリツリョウ？

わたしと大島ちゃんがきょとんと顔を見合わせたときである。

なんと、ハイヒールから女の人が生えた。

膝小僧がつるんと露出したショッキングピンクのひらひらのドレスを着て、エレガントな巻き髪を揺らした、とってもきれいな女の人だ。手には銀色のスパンコールで飾ったちょっと安っぽいけど色っぽいヘップサンダルを持っている。色っぽいという点では、その女の人はどこもかしこも色っぽかった。そして美人なのに、なんとも暗い雰囲気をまとっている。

わたしと大島ちゃんは、それこそ泡を吹きそうなくらい仰天した。

「では、よろしく」

高野さんが、事務的な目礼をよこして、くるりときびすを返した。

「ちょっ……」

この怪現象を目の当たりにして「じゃ、よろしく」といって帰ってしまえる高野さんに、わたしは怪現象そのものよりも驚いた。

そして、自らの出現の唐突さに、女の人自身が狼狽《ろうばい》していた。机の上に立って、持っていたヘップサンダルを細い指でぎゅっと握って、どうしていいのかわからないといった顔つきで、暗いまなざしをわたしと大島ちゃんとに往復させている。

「ええと——とりあえず、机からおりたら？」

わたしがいうと、女の人は大慌てでうなずいた。

「ああ、すみません……」

女の人は、あぶなっかしい動作でスチールデスクから降りる。わたしは手を貸してあげたんだけど、その手は透けなかった。突如わいて出たこの人は、幽霊ではないということだ。そのことの方が、不可解といえば不可解である。手がとても華奢《きゃしゃ》で幽霊みたいに冷たいことが、彼女の暗くていたたまれないような雰囲気にぴったりだった。

「よいしょ……」

暗い声で力ない気合をもらし、彼女は古いリノリウムの床に降り立つ。

「こらしょ……」

黒いハイヒールを脱いで、もっていたヘップサンダルをはいた。そして、あたかも自宅にもどってスリッパにはきかえたときみたいに、ホッとした表情になる。ヘップサンダルは華奢でかかとが細くてとてもはき心地の良《い》いようなものには見えなかったが、この人にはしっくりくるらしい。

「島岡真理子さん」

「どうして、あたしの名前を……？」

「靴に書いてました」

わたしがそういって、脱いだばかりのハイヒールを指さすと、真理子さんという人はちょっとだけお茶目に微笑《ほほえ》んで、改めてハイヒールを胸に抱えた。

この靴が、透けない。真理子さんはまだ半分くらい、あの世に在籍しているということか？

「そうなんです……。あたし、平成七年に殺されまして……」

「マジか？」

自分もかつては殺人被害者だった大島ちゃんは、わたしよりも数段驚いている。探偵長という立場にひどくご満悦の大島ちゃんだが、幽霊専門探偵にはいつまで経《た》っても慣れないのだ。

「まあ、すわんなよ」

かくれフェミニストの大島ちゃんがソファを勧めると、真理子さんはかったるいくらい遠慮しながら座った。

「二人とも、コーヒー飲みます？」

ふたりに尋ねる。

「おれ、カフェオレ」

「あたしも、お砂糖とミルクをたくさん……」

「はいはい。了解」

大島ちゃんの今回の仕事は、この真理子さんのハイヒールの幽霊をなんとかすること（つまり、成仏させること）だから、持ち主の話を聞かなくちゃならない。

「あんた、殺されたっていったよね。平成七年か――」

大島ちゃんは『現代年表』という分厚い本を取り出して、ページをめくった。幽霊専門の探偵社では、お客さんが幽霊になった年の話をするときに、とっかかりになる話題を見つけるのに重宝する本だ。

「小沢健二《おざわけんじ》の『カローラⅡにのって』が流行《はや》ったんだよな」

「あたし、その歌、大好き……」

大島ちゃんが振った話題が大いにお気に召して、真理子さんは暗い声で歌いだした。黒魔女の呪文みたいに聞こえるけど、実際は浮かれているらしい。そんな浮かれた自分に気付いたのか、真理子さんは頬を赤らめてうつむいた。

「その年に妊娠して、相手の男の人に絞殺されて、マンションに放火されて……。それからしばらく怨霊をやっていたんですけど、少し前に普通に天国へ行けたんです……」

普通じゃないことをいいながら、真理子さんは甘いコーヒーをずずっ……と美味《うま》そうに飲んだ。

殺人事件の被害者は、成仏した後で、幽霊時代の姿でこの世に復帰することがあるらしい。何をかくそう、大島ちゃんもその一人だ。そして、たそがれ探偵社みたいな、この世とあの世の境目で働いていたりする。さっきまで居た高野紫苑さんも、きっと同じだろうと、わたしは思っている。

「真理子さんも、生身になってもどって来た元幽霊なんですね？」

「ええ、たぶん……」

真理子さんは、すごくきまり悪そうに、ひらひらのドレスの裾を揉《も》みしだいている。

「どうしたんですか?」

「すごく感動的に見送ってもらって成仏したから、いまさらもどって来るなんて、申し訳ないというか……」

「そんなの気にしない、気にしない」

大島ちゃんはコーヒーをがぶがぶ飲んで、呵々大笑《かかたいしょう》した。

「大島ちゃんが成仏したときだって、わたし、胸いっぱいになって涙腺が決壊したんだから。それなのに、すぐにもどって来たわよね!」

「あんたはどこで成仏したわけよ?」

「ゲルマ電氣館……」

「おお、おれも、おれも! 仲間じゃん! すげー偶然!」

大島ちゃんは、ガキっぽく喜んでいる。

「じゃあ、あんたは、もう化けてんじゃないのな?」

怖がりの大島ちゃんにとって、けっこう重要なポイントである。

「じゃあ、その靴がどうして化けてんのか、教えてくれよ」

「それを大島ちゃんが調べるんでしょ。高野さんが、そう頼んでいったじゃんよ」

大島ちゃんは基本的に横着だから、楽ばっかりしようとする。

真理子さんは、両手に持った黒いハイヒールを、もじもじしながら見つめた。

「あたしの靴みたいなんですけど……。だれかにもらったような気がするんですけど……。よく覚えてなくて……」

「ほら。それを調べるのが、探偵の仕事！」

「うっせーな、コギャル。ひとを怠け者みたいにいうな」

「実際、怠け者だし」

「うふふ……」

真理子さんは、喧嘩《けんか》ごしのわたしたちを見て、楽しそうに笑った。初めて見せた笑顔である。ずっと困った顔をしていた真理子さんだけど、やっぱり美人は笑っていると格別にきれいだ。それにしても、ひらひらの熱帯魚みたいな装いに、黒いハイヒールは異質に見えた。

「そうなの……。こんなＯＬっぽい靴をはいていたのは、高校を卒業してすぐの事務員時代だけだと思うんです……」

事務職はすぐに辞めて、あとはキャバクラで働いていたそうだ。

「ということは、この靴の物語は、ＯＬ時代に関係するのね」

「そうなんだけど……」

真理子さんはまた困ったようにうつむいた。

「あの……。おなかが減ったんですけど……」

3　この泥棒猫！

三人で満月《まんげつ》食堂に行った。

元気のいい女店主が切り盛りする、何でも美味しいお店だ。

お昼時を少し過ぎていたけど、営業の合間に来たサラリーマンや、中年の奥さん方のグループ、角の新築工事の大工さんたちや、道路工事で働いているおじさんやおにいさんたちで、店は大繁盛していた。

わたしたちと入れ違いに、ニッカポッカにタオル鉢巻きのおじさんたちが会計に立ったので、テーブル席が一つ空いた。そこに滑り込んで、壁に貼ったメニューを見た。小泉今日子《こいずみきょうこ》似のおかみさんが、テーブルの上の丼《どんぶり》を片付けに来て、わたしたちの注文を頭にメモする。

わたしはエビフライ定食、大島ちゃんはラーメンと餃子《ぎょうざ》、真理子さんは親子丼を頼んだ。

真理子さんは、律儀というか何というか、例の靴をここまで持って来ていて、注文を済ませてから椅子の下に置いた。となりのテーブルの奥さんたちが、ちょっと変な目でこちらを見た。わたしは、ためしにもう一度靴を持ち上げてみようとしたけど、やっぱり透けた。

わたしと大島ちゃんは、この靴に触れることもできない。真理子さんは、自分のものだから、持てるのだろうか？　それとも、まだどこか霊界に属しているから持てるとか？　ということは、高野さんも半分くらい幽霊だから持てたのだろうか？　わからん！

「その靴をはいていたころの真理子さんは、どんな感じだったんです？」

「そうね……」

そして、真理子さんは語り出した。

＊

真理子さんは、進学率の高い高校を卒業したんだけど、成績が追い付かずに大学に進学ができなかったそうだ。かといって就活していたわけでもなく、入学試験に失敗して、はじめて就職試験なんかを受けてみた。しかし、結果は全て不合格。学科試験はなんとかクリアできるのに、適性検査で落第するらしい。そんな中、一社だけ、どうにか合格できた。〈福屋《ふくや》〉という和菓子を製造販売する会社だった。

「店員さんだったんですか？」

美人だから、お店に立ったら映えるだろうと思って訊《き》いてみたら、事務職だったとのこと。

「靴を買ってもらったなら、男の人からだと思うんです……」

「思うんです……って、覚えてないの？」

「すみません……」

謝る真理子さんの前に、おかみさんがてきぱきと親子丼を運んでくる。大島ちゃんのラーメン、わたしのエビフライ定食が並んで、テーブルは一気に賑《にぎ》やかになった。

「餃子、すぐにお持ちしますね」

「サンキュー、おかみさん」

大島ちゃんは割りばしを持ち上げて返事をする。

真理子さんは、もそっもそっと親子丼を食べ始めた。そして「おいしい……」といった。

そして、話にもどる。

真理子さんは、前世（ということになるのだろう）に関する記憶が、抜けていたり、うすれていたりするそうだ。でも、人間関係に関しては気の毒なくらいよく覚えていた。

何が気の毒なのかというと、話が進むとわかってくる。

真理子さんの長くなかった人生の中で、ずっと付き合っていた彼氏が居る。

田中匡彦《たなかただひこ》。

長くいっしょに居たくらいだから良い人だったかというと、決してそうではなかったようだ。

大島ちゃんは、タブレット端末を自慢げに持ち上げる。買ったばかりで、使うのが嬉しくてしょうがないのだ。

「そいつ、田中工務店の社長じゃん。なんか、感じわりーやつ」

そういって、田中工務店のウェブサイトを見せる。

社長挨拶のページに、田中匡彦氏の写真が載っていた。五十歳くらいの、頭髪のうすい、肥満体のおじさんだ。肌理《きめ》のあらそうな白いはだが、脂でてかっていた。それとわかる作り笑いを浮かべているが、金縁めがねの奥の目がひどく冷たい。

「あのころは、格好よかったのに……」

真理子さんは、愕然《がくぜん》とした顔をする。

さて、格好よかったという若き日の田中匡彦は、DV男だったそうだ。同棲《どうせい》していた真理子さんは、よく殴られ蹴られしていた。――というようなことを、真理子さんは、あたかも良い思い出みたいにいうものだから、わたしと大島ちゃんは顔を見合わせた。

「男の人からの手紙が郵便受けに入っていて……。あたしが浮気したと思った彼ったら、いつものように暴れ出して、あたしちょっとだけ気を失っちゃった……」

親子丼をもぐもぐさせながら、真理子さんは懐かしそうに語る。だけど、懐かしむようなことか？　わたしは口をはさみかね、エビフライを咀嚼《そしやく》した。かりかりの衣と、むっちりしたエビの絶妙なハーモニーが、なんともいえず美味しい。

「そのとき、部屋に飛び込んで来て、助けてくれた人が居るの……」

「すごい。良かったじゃん」

「ええ……」

正義の人の名前は、滝本翔《たきもとしよう》という。若いパン職人だ。

だが、しかし、滝本翔は実は、正義漢でも何でもない。真理子さんのストーカーだったのだ。

滝本がストーカーとなったいきさつは、こうだ。

彼はもともと、真理子さんの職場の同僚の彼氏であった。

(なんだか、話が危うくなってきたぞ)

わたしは、本能的にそう感じた。

身構えるわたしをよそに、親子丼を食べながら真理子さんの話は続く。

職場の飲み会に、同僚が彼氏――滝本翔をつれて来た。そのときに、滝本は真理子さんに一目ぼれした。それでストーカーになってしまった。自分の彼女も、真理子さんに彼氏が居ることもかなぐり捨てて、滝本は真理子さんにつきまとった。田中匡彦が怒り狂う原因となった男からの手紙というのも、滝本が郵便受けに入れたものだったのである。

真理子さんが失神するくらい田中に暴力をふるわれたとき、助けに来られたのも、部屋を見張っていたからこそだった。

ストーカーvs.ＤＶ男。

基本的に、女をなぶるしか能のない二人だったから、口喧嘩《くちげんか》になった。おまえを殺してやるとか、家族を殺してやるとか、大声の応酬は陰険で陰湿で過激であった。同時にひどく子どもっぽいものだったが、男たちのダミ声で発せられると、常軌を逸した剣呑《けんのん》さに変換される。

アパートの隣室の人が、大家さんと管理会社と警察に連絡した。

真理子さんを気絶させるほどなぐった田中匡彦の非が認められ、滝本はこの戦いに勝利をおさめた。そうして田中匡彦は、警官や、大家さん、ご近所さんに白い目で見られながら、真理子さんのアパートから撤収を余儀なくされた。

ここで終われば、一応、一件落着なのだが。

「翔くんが、あたしのアパートでいっしょに暮らすことになったの……」

「なんで？」

大島ちゃんの口から、ラーメンがずるりとこぼれる。わたしの口からも、味噌汁《みそしる》のわかめが落ちる。

「ストーカーなんでしょう？」

新彼氏の滝本翔は、同僚の彼氏にして、タキモトベーカリーの跡取り息子である。

安直にストーカーになるだけあって、滝本は甘えん坊だった。すなわち、彼には過保護な両親が居た。そんな彼が職場――すなわち自宅にもどらず、真理子さんのアパートに入り浸ることになったのは、両親にとって地球が割れるくらいの大問題だった。

滝本家のお父さん・お母さんは、真理子さんのアパートにも、職場にも押しかけて来た。

――息子を返して！

と哀訴、愁訴、しまいには上司に強訴である。

翔の元々の恋人である館山歌織《たてやまかおり》は、猛然と真理子さんを攻撃し出した。朝夕の挨拶は無視、仕事中の呼びかけも無視、事務室の掃除のときは真理子さんの机のわきのゴミ箱だけゴミを捨てない、上司からの伝言を伝えない、真理子さんの作った書類をこっそり破棄、真理子さんが身に覚えのない悪《あ》しき行状をいいふらす――などなどなど。

歌織は自分の彼氏がストーカーだったなんて知りもしなかったが、真理子さんに気があるらしいことは前から察していた。女の勘というヤツかもしれない。だから、それまでも、真理子さんのことはなんとなくイヤな女だと感じていた。それが、恋人を奪われたことにより、はっきりとした敵に変わった。

真理子さんがそれらのトラブルを苦もなくかわして日々を送ったのは、一種の才能というか、いっちゃなんだけど度はずれた鈍感さだと思う。でも、その時の真理子さんが平気だった理由が、実はある。心躍るできごとが、真理子さんの頭にお花畑を発生させていた。それというのも、田中匡彦とヨリがもどっていたのである。

「ううっ」

わたしは、エビフライをくわえながらうなった。

「性懲りがねえぞ、真理子」

大島ちゃんは、もはや呼び捨てだ。

「つうか、二股？」

「根性あるなあ、真理子」

でも大島ちゃんのコメントは、まだまだ最大限にオブラートに包まれている。

「じゃあ、その靴は田中って人に買ってもらったわけ？　それともストーカーの滝本？」

「どっちも、ちがうと思う……」

真理子さんは、真剣な思案顔をした。

「匡彦くんは、女に貢ぐのは男のクズだなんていうタイプだし……」

「いや、プレゼントと貢ぐのは、ちがうでしょ」

わたしは、思わず口をはさむ。そんな殺伐とした男女関係、イヤだ！

「翔くんはうちに来てから働いていなかったから、そんなお金はなかったもの……。ゴハンもデートも、全部、あたしがおごっていたから……」

「マジか？」

「最低男」

大島ちゃんとわたしは鼻息も荒く、それぞれの昼食を咀嚼する。

「でも、翔くんは優しい人で、あたしがお腹《なか》を壊したとき、心配してくれて、トイレのドアのすぐ外で待っていてくれたのよ……」

「いや、そういうときは、離れていてほしいよ」

わたしは、あきれた。

ともあれ、ストーカーになるほど粘着質な滝本である。真理子さんが田中匡彦とヨリを戻してデートしたと知ったら、田中同様に暴力をふるうようになった。そう聞いて、わたしたちはもう、ため息しか出なかった。

「真理子さん、中学生のわたしがいうのは生意気かもしれないけど、あなた、それでいいの？」

「ううん……」

真理子さんは困ったように笑いながら、もじもじしている。ほっぺたに、親子丼のご飯が一粒付いていた。

そんな中、滝本翔が気持ちを入れ替えてくれるようにと、もう一人の同僚である山科真緒が立ち上がった。一人では心細かったらしい真緒は、自分の彼氏といっしょに、この騒動の関係者を招いて会食をセッティングした。真緒の彼氏の名前は、太田《おおた》大地《だいち》という。

真理子さんがわざわざ真緒って人の彼氏の名前に言及したとき、わたしは胸騒ぎを覚えた。そして、それは的中してしまう。どうやら、その会食の席で、太田大地と真理子さんが、お互い電撃的な恋に落ちてしまったのだ。

「うわあ」

わたしと大島ちゃんは、二人とも箸を取り落として頭を抱えた。

真理子さんは、そんな反応をされるのにも慣れているのか、照れたように笑っている。

「彼、文学青年だったのよね……」

太宰治《だざいおさむ》ファンだった太田大地は、山深い温泉地に真理子さんを連れて行った。逃避行というヤツだ。それは会社帰りに、ふらっと……本当にふらっと行われた。一緒に食事をするくらいのつもりで待ち合わせて、その場の流れで列車に乗り、ふたりとも知らない駅で降りた。

そこはかなり田舎で、ＡＴＭもないし、カードも使えない。温泉宿に泊ったのだが、二人はそこの宿代すら持ち合わせていなかったのである。

「給料日前だったのよ……」

そういう問題か？

「それで、心中しようってことになったの……」

「いや、なんねえだろ、普通」

「普通だったら、そんなシャチエーションで駆け落ちしないし」

「コギャル、それをいうなら、シャチじゃなくて、シチュエーションだ。シチュ、シチュ」

「ああ、シチューのシチュね、了解」

「話、続けていいかしら……」

話の腰を折られて、真理子さんはちょっと怒っている。

で、二人は橋から川に飛び込んだのだそうだ。

そこは、地域の子どもたちの川遊び——つまり飛び込み遊びスポットで、まったく危険ではない場所だった。真理子さんたちは死ぬことなく、怪我《けが》もせず、ずぶぬれにはなったけど簡単に見付けられ、助けられてしまった。

それでも男女の心中事件だから、温泉のあるその村は騒然となった。

緊急事態だということで荷物を調べられ、名前と連絡先を知られ、二人の職場に連絡された。

太田大地は、県庁に勤める公務員で、所属課の係長がクルマでスッ飛んで来た。真理子さんのところには、会社の社長が来た。

二人はそれぞれ別々に上司と帰路につき、真理子さんの方はその途中で社長にホテルに連れ込まれた。

「ゲホ！　ゲホゲホゲホ！」

「大丈夫か、コギャル！」

気管に米粒が入って、わたしはむせてしまった。

大島ちゃんは血相を変えて、いまさらながらわたしの両耳をふさぐ。

「おい、真理子！　中学生になんつー話を聞かせるんだ」

「でも、一応、匡彦くんとも、翔くんとも、大地くんとも、することはして……」

「そこんとこは、ぼかせ。つか、おまえ、そんな短期間でそれだけの男をとっかえひっかえ――」

そこまでいって、大島ちゃんは「ンン？」と周囲を見渡した。

いつの間にか、食堂の美人おかみも、お客さんたちも、わたしたちの話に聞き耳をたてている。大島ちゃんは、お芝居みたいにわざとらしい咳払《せきばら》いをして、皆の視線を追い払った。そんなことしたって、聞こえるものは聞こえるのだけど、大島ちゃんはそれで満足したみたいでえらそうに腕組みをする。

「ああ。わかったよ。その靴を買ったのは、社長だな。高そうな靴だし、素寒貧《すかんぴん》なガキどもには買えねーだろうが。つーか、おまえ、そういう暇がないくらい、男をとっかえひっかえしているもんな」

「ううん。ちがうと思う。次の日、会社に行ったら……」

朝の挨拶をしても、真緒にも歌織にも無視された。いつものことよ……と、真理子さんは悲しく納得する。だけど、そんな真理子さんでも、びっくりしてしまうことが起きた。

朝礼で社員たちの前に立った社長の顔が、傷だらけで痣《あざ》だらけだった。いつもあまりためになることをいわない人だが、その日の朝礼は「あのあのあの」とか「そっちのほうのほうのほう」とか、本当にわけがわからない。社員たちは、互いに目で語り合った。

——社長、変だよね。

——変だね。

なぜ変なのかは、ほどなく判明することになる。

朝礼が終わり、社員たちが席に着いたのと同じタイミングで、事務室のドアがけたたましい音を上げて開いた。きつい香水と黒いレースのワンピースをまとった中年女性が、まなじりを決してドアの向こうに居た。

——いらっしゃいま……。

——おはようございま……。

だれも、挨拶の言葉すらいい終えることができなかった。

その黒い婦人はシュン、シュンと忍者のような素早さで真理子さんの席に直行した。目の光がイルミネーションのようだと、真理子さんは思った。そのギラギラした光と、黒い服から立ち上る、芳香と同じほど強い怒りに圧倒された刹那、黒い婦人は叫んだ。

——この、泥棒猫！

同時に、剃刀《かみそり》のように鋭いアッパーカットが、真理子さんの顎に炸裂《さくれつ》した。

黒い婦人は社長の奥さんだったのだ。社長の傷痕も、奥さんからの折檻《せっかん》の痕だった。

奥さんの怒りの一撃を受けて、真理子さんは大の字に伸びた。

そして気が付いたとき、社長に土下座されて、辞表を書いてほしいと頼まれたのだという。

「はあ〜」

長い物語だった。

わたしと大島ちゃんは大きなため息をつき、満月食堂のおかみさんとお客さんたちもまた、同じように深く息をはいたのだった。

小泉今日子似の美人のおかみさんは、わたしたちのテーブルに麦茶を持ってきた。

「はい、サービス」

三人の前にそれぞれ麦茶を置いてから、真理子さんの肩を威勢良くたたく。

「一度や二度や三度や四度……のあやまちで、へこたれたらだめよ。真面目にこつこつ働けば、幸せも来るってもんよ」

真理子さんは、つけまつげの似合う大きな目を見張って、びっくりしたように微笑《わら》った。

ほかのお客さんたちが、パチパチパチパチ……と拍手をくれた。

4　お母さん

満月食堂を出て、わたしたちはとぼとぼ歩きだす。

来たときと別な角を曲がったのは、信号が赤だったせいだ。

真理子さんは幽霊みたいな手つきをして、その両手に黒いハイヒールを持っている。

「というわけで、社長にも靴を買う時間はなかったんです……」

わたしは満腹のおなかに両手を当てて、昼下がりの空を上目遣いに見た。雲が、うさぎの形をして流れてゆく。

「その後で、また就活しようとして自分で買ったとか？」

「あれからキャバクラに勤めたから、このタイプの靴は要らないかな……」

偶然だったのか、わたしたち三人は同時に顔を上げた。

そこは斎場だった。

――故　島岡定子《さだこ》　葬儀　式場。

大きな立て看板に、筆文字でそう書かれていた。

「あ……。お母さん……」

真理子さんがそうつぶやいたので、わたしたちは目をぱちくりさせた。

そのとき、わたしたち三人が、斎場のガラスの壁に、そこにはない風景が映り込んでいるのを見たのは、だれのどんな力によるものだったのだろう。古いテレビの映像みたいに、その風景は少し白っ茶けていた。行きかう人たちの着ている服も、ずいぶんと古臭かった。

日曜日の午前中である。

妙齢の娘とその母親が、連れだって歩いていた。二人はバス停の前に立ち、国道を往来するクルマの列と、それをしばしせき止める信号の赤色を眺めている。正面にある家具屋の壁を飾る時計が止まっていた。うつろな表情の娘に、母親がしきりと話しかけていた。この春、大学受験に失敗した娘を、何とか元気づけたいらしい。

「今年は残念だったけど、来年まで一所懸命に勉強して、また挑戦したらいいんだから。長い人生で、一年なんて誤差みたいなものよ。そんなにがっかりすることはないわ」

「もういいよ……」

娘はしょんぼりと、運動靴の靴紐《くつひも》をみつめた。ほどけかけているけれど、結び直す気にもならない。だから、これから行く買い物も、ただひたすら億劫《おっくう》だ。お母さんが元気づけてくれるのも、申し訳ないけど胸をひりひりさせるだけ。

「もういいよ……」

娘は老人みたいなゆっくりとした仕草でしゃがみ込み、靴紐を結んだ。とまっている家具屋の時計が、なんだかうらやましかった。

「だって、あたし、大学に行っても、何をしたいのかわかんないもの……」

「それを見付けに行くんじゃないの。元気を出しなさい」

母は元気だ。毎朝早く起きて、掃除をしてご飯をつくって、娘と自分のお弁当を作って仕事に行く。……大学に行けなくて行き場をなくした娘は、もうお弁当なんて必要ないんだけど。それでもお昼に食べなさいといって、自分のと同じにお弁当箱にきれいに詰めて置いて行く。父親は、居なかった。両親はもう十年以上前に離婚して、それ以来、父親には一度も会ったことがない。母はいつも元気で、いつもやる気まんまんで、ときたま「負けるもんか」とつぶやく。休んだり、だらだらしたりなんかしたら、別れた父に負けたと思うのかもしれない。娘がこんな体たらくでいたら、父に負けていると思うのかもしれない。お母さん、重たいよ……。母が元気でいるかたわらで、娘はそう思うのだ。

「元気を出しなさい」

母は、そう繰り返した。

元気がないのは、生まれつき。器量良しなのは父親似。ハンサムで無気力だった連れ合いに似た娘を、父のその顔にだけ惚《ほ》れた（そして捨てた）母は、失望せずに愛してくれるのか。

小さいころから、男の子にばっかりもてる子だったけど——。

中学生のときは成績が良くて、勉強熱心だったけど——。

高校に入ったら成績が落ちて、すっかりやる気がなくなって——。

そしたら、男の子にすらもてなくなって——。

そのとき、バスが来た。

顔を上げた娘は、運転席をきょとんと見上げた。市バスの制服を着た若い女性が、大きなハンドルを握っていた。母と同じくらい気力がみなぎっている人だった。働く人の責任感が、その人をとてもきれいに見せていた。

わあ……。かっこいいなあ……。

「どうぞ」

女性運転士は、ステップを降りるお客の背中越しに、母娘《おやこ》に笑顔を向けた。

娘は思わず笑顔を返して、いそいでバスに乗り込む。二人掛けのシートに母と並んで腰かけると、胸がはずんだ。ほんの少し前の、雨雲みたいにどんよりしていた自分が、うそのようだった。あたしは無気力な父の子ではなく、元気な母の子なのだと思った。あたしがなりたいのは、あの運転手さんみたいな女の人なのだと思った。

「お母さん。あたし、もう勉強はいいかな。あたし働くよ」

「あら、真理子ちゃん」

母はびっくり仰天した。この元気のない子が、語尾に「……」もつけずに、目を輝かせてきちんと意見がいえるなんて。また、雪でも降るんじゃないかしら。そう思うにつけ、嬉しかった。こんなに前向きで幸せそうな娘を見るのは、この子が生まれて初めて歩いたとき以来だ。

母娘の上機嫌を乗せてバスは走り、繁華街へと運んだ。

バスは賑やかな街並みで止まり、ほとんどの乗客といっしょに母娘をも降ろした。

靴屋に入る。気分転換に漠然と街を歩くつもりが、通勤靴を買うという目的ができたことに、二人ともちょっと浮かれた。女性運転士のバスは、ベテランが操るのと遜色なしに、スムーズに発進して駅に向かって遠ざかる。

靴屋はちょっとばかり混んでいた。進学、入学、就職、進路がちゃんと決まった人たちが、新しい毎日をともに過ごす靴を買いに来るシーズンなのだ。だけど、大学を落ちたばかりの娘も、意気揚々とローファーの並ぶ一角に直行し、細い足に似合う靴を選び始める。

そんな娘の肩を、母がちょんちょんとたたいた。

「働くのなら、あんたももう大人なんだから、こういうのも一足持ってなくちゃ」

そういって、母が買ってくれたのが、あの黒いハイヒールだった。

ガラスの壁の幻視は消え、わたしと真理子さんと大島ちゃんは、斎場の前に立ち尽くしている自分たちに気付いた。

わたしは鼻の奥が、つんと痛かった。大島ちゃんが、ヤンキーらしく整えた眉毛を、くんにゃりと下げた。

「泣けるぜ」

真理子さんの手の中で、黒いハイヒールの輪郭がぼやけ、すうっと透明になったかと思うと、やがて煙のように消えてしまった。

「うわわわ、消えた。消えたよ、大島ちゃん！　消えたよ、真理子さん！」

わたしは、超常現象を目の当たりにして、あわてふためく。

「お母さーん……。お母さーん……」

真理子さんが声を出して泣いた。

＊

大島ちゃんも、たまには探偵らしいことをする。

真理子さんのお母さん――島岡定子さんのことを、調べてきた。さりとて、真理子さんがそれを依頼したわけではなく、仕事をしてもらっても真理子さんは支払うお金を持っていなかったのだが。

「サービスだから、気にすんな」

大島ちゃんは、甘いコーヒーを飲みながら大物みたいな顔をした。

「おふくろさんは、七十八歳だったな」

「はい……」

母親の生年を西暦に直して勘定し、真理子さんはうなずいた。

「デパートに勤めていました……」

「うん、定年まで働いて、それからは病院でボランティアをしていたそうだ。外来の受付で、右も左もわからない新患を案内したり、話を聞いたりする仕事だ。週に三日の出勤で、職場での評判もよかった。おふくろさん、根っから働き者だな。しかも、仕事ができるから、頼りにされていたそうだ」

「そうなんだ……」

真理子さんは、照れくさそうな笑顔を握った右手で隠す。

「大病が見つかったのが、七十五歳のときだ。それから三年間、自分でも治療を受けながら、病院で働き続けた」

真理子さんの母は、娘を亡くして以来、天涯孤独の身だった。たった一人の身内だった娘との仲も、真理子さんがキャバクラに勤めだしたころから冷え込んで、真理子さんが殺されたときには行き来も途絶えていた。

——気丈な人だったけど、さすがにあのときは参ってたわよ。

身内は少ないけど、友だちは多い。親しかった人たちは、娘の葬儀で泣かなかった母親の、本当の落胆を知っていた。

——真理子ちゃんがあんな死に方をしたのは、自分のせいだって後悔してたのよ。自分が冷淡だったから、頼ってもらえなかったんだって。真理子ちゃんが母親に助けを求めてたら、殺されることなんかなかったってね。

——人一倍に頭はしっかりしていたけど、真理子ちゃんへの後悔だけは、同じことを何べんも何べんも繰り返していうのね。そのときだけは、ずいぶんと老け込んで見えたわよ。

——それから、あの人が繰り返し話すのは、もう一つ。真理子ちゃんに、靴を買ってあげたことね。娘が就職したいって、「テンテンテン」を付けずに話したっていうのよ。なによ「テンテンテン」って笑ったら、真理子ちゃんって話の終わりに必ずムニャムニャするらしいのね。だから、テン、テン、テン、なんだって。

故人の友人は、人差し指で「……」を宙に書いた。

真理子さんの母親の思いは、娘の靴へと集約されていた。

だから、亡くなって化けて出たとき、靴になっていた。そして、真理子さんが初めて実家を出て住んだアパートに出現した。亡き母は母なりに、娘を探していたのだ。

とても長い時間を経て娘と心が通った瞬間、真理子さんのお母さんは満足して天国へ行った。

そして、真理子さんは——。

「よろしくお願いします……」

なんと、たそがれ探偵社で、秘書として働くことになったのである。

第二話　幻想オルゴール

1　登天郵便局にて

小高い山の頂きにある登天郵便局は、亡き人が次の世へと旅立つこの世の際《きわ》だ。人々は、つるバラで飾られたアーチを通って、遠い国へ行く。

黄色、オレンジ色、ピンク、赤、白、クリーム色。小ぶりなバラの花が、夢のような美しさで、この世の最後の風景を飾る。

「いろいろあったけれど、生きてよかった」

もう死にたいと嘆いた人も、まだ死にたくないと泣いた人も、そこを通るときには心に波は立っていない。舞い落ちる花びらに目を細めて、花の美しさに感謝する。地獄へ墜《お》ちるも、天国に行くも、嘆くまい、怯《ひる》むまい。こんなきれいな花を咲かせて見送ってもらえたのだから——。

そうして付いた名前が地獄極楽門。

その地獄極楽門のバラに、アブラムシが発生した。

小枝が黄緑色でもっちりしたと思いきや、それがもそもそ動く。

正装してあの世へと向かう亡き人の列に、戦慄が走った。虫嫌いの女性――中塚春《なかつかはる》子《こ》さんが悲鳴を上げた。その魂は一気に百メートル近く飛び上がり、それから登天郵便局のある狗山《いぬやま》を駆け下りて、いずこともなく消えてしまった。健康な亡者が、迷ってしまったのである。

「ああら、大変」

青木さんが、スナック菓子を食べながら郵便局の窓から北の空を見上げる。

しかし、事態はさらに悪い方へ――最悪な方へと拡大した。

拡大した――いかにも――。アブラムシの群れは、無限の裏庭全体へと、勢力を拡大したのである。ダリア、ユリ、オニゲシ、ヒナゲシ、アイリス、黄色いルドベキアも白いデイジーも、つぼみや茎や葉の一面を、アブラムシに覆われた。

「ぎゃー！」

青木さんは食べていたスナック菓子を投げ出して、有給休暇を申請した。

「こんな気色悪い場所に、一分だって居られるもんですかー！」

「皆さん、青木くんを捕まえて！　臨時補充員が居ないときに、窓口が空っぽになったらお手上げだよ！」

なまはげに似た赤井《あかい》局長が、慌てて叫ぶ。

「承知した」

アメリカンコミックのスーパーヒーローみたいに、筋肉隆々の鬼塚《おにづか》さんが、青木さんを捕まえてデスクチェアに縛り付けた。登天さんは鼎の焚火で休暇申請書を燃やしてしまった。

「これで良し、と」

青木さんの逃亡を防いだ赤井局長は、裏庭にもどった。局長は普段から、郵便局の仕事などほったらかしで、広大無辺な裏庭の花の世話ばかりしている。だから、この果てしない庭を覆いつくしたアブラムシにも、白旗は決して揚げようとはしなかった。

「よいしょ、よいしょ、よいしょ、よいしょ」

赤井局長は、木酢液《もくさくえき》を撒《ま》いた。

なにせ、限りない広さに渡る庭に撒きまくるのだから、その量はタンカー一隻《いっせき》分もあっただろう。

自然に優しい防虫剤、木を燃したときの副産物として得られる木酢液というヤツは、独特のきつい臭気を有していた。

「くさいわー！」

椅子に縛り付けられたまま、青木さんは絶叫した。亡き人たちも、このにおいには、アブラムシのときよりも辟易《へきえき》し、成仏を先延ばしする人が相次いだ。登天郵便局は、閉め切った局舎に臭気が満ち、換気をすればもっと濃い木酢の香がなだれこむという、ちょっとした地獄の様相を呈した。

三角帽子の郵便配達夫が、幽霊便を運んで来たのは、そんな大変なときだった。

青木さんは、縛り付けられたキャスター付きの椅子を動かして、局舎の前で焚火をする登天さんのもとに手紙を運んだ。登天さんはどんな鼻をしているものか、この木酢の無間地獄の中で、平気で火の番をしている。

「それをいうなら、赤井局長ですよ。一番間近で花の手入れをしているんですから。さすが、局長です。えらい方です」

「そんなえらい人なら、裏庭中がアブラムシだらけになる前に、何とかできたでしょうに」

青木さんは、キャスターをキーキーいわせて、皮肉な声を出した。

「ほら、こんなの届いたわ」

差し出した幽霊便は、女の子らしいキャラクターが描かれた便箋に、幼い文字でパパへと書かれてあった。

パパへ。
いつもおしごと、ごくろうさまです。
なごみは、パパがだいすきです。
なごみのたんじょうびに、ミッキーさんのぬいぐるみをかってくれて、ありがとう。
パパはおしごとがたいへんなのに、なごみがミッキーさんすきなのがわかるんですね。
パパはなんでもわかるのよ。
パパはけいじさんですからね。
けいじさんは、どんなことでもしらべてしっているのよ。
ママが、パパのことをそういってました。
なごみは、~~ぱぱ~~パパってすごいなあとおもいます。
パパとママといっしょにうみにいったのが、とってもたのしかったです。
パパとたべたアイスが、とてもおいしかったです。
また、うみにつれていってね。

むらやま　なごみ

木酢液の臭気にまみれた裏庭の方へと、幼い子どもの文字は煙となって流れて行った。

2　ハードボイルドの映画みたい

わたしは今、たそがれ探偵社のトイレのドアを少しだけ開いて、事務所をのぞいていた。

ガタイの良い二人連れの男が、大島ちゃんに殴る蹴るの暴行を働いていた。

ヤンキーの大島ちゃんが強いのか弱いのか、これまでバイオレンスシーンに出くわしたことはないんだけど、今現在はボッコボコにされている。むかしのハードボイルド映画を観ていても、タフガイの探偵が、よく刑事たちに袋だたきになっているっけね。だから、わたしは、探偵とはそんなものなのかもしれないなあと、思った。

刑事のうちの、年がいっている方が、村山《むらやま》といった。四十代くらいの、髪の毛が角刈りの、強そうで気が短そうなおじさんだ。若い方は、まだ二十代くらいの、血の気が多そうなおにいさんだ。つまり、どっちも喧嘩相手にしたくないなあと思う人たちである。よりにもよって、そんな二人にボコられるなんて、大島ちゃんも分が悪いねえ。

「先週の火曜日、午後三時から四時の間、どこに居た？」

「覚えてねーよ」

大島ちゃんは血の色をした唾を吐きだした。ちょっとやめてよ。自分で掃除しないくせに！

「つーか、あんたらだって、その時間にどこに居たか自分で覚えてんのかよ？」

あ、そんなこといわない方がいいのに。

若い方の膝が、ごすごすと大島ちゃんのみぞおちに突き刺さる。野蛮だなあ。

「訊かれたことに答えろ！」

まったくだ。勝ち目のない喧嘩をするのは、馬鹿ですよ。

大島ちゃんは元幽霊だけど、やっぱり痛いとか感じるのだろうか？　血が出ているってことは、やっぱりダメージを受けているってことだよね？　助けに行った方がいいのだろうか。だけど、あの刑事さんたち、映画で観るより狂暴だし、こちとら一介の女子中学生だ。暴力で太刀打ちできるとは思えない。

ここがトイレだからこうして見ているしかないのであって、これが入口のドアならとっくに一人で逃げているだろう、わたしである。

ところが、世の中にはそんな人間ばかりではないのだ。

わたしだったら逃げているだろうドアを開けて入って来たのは、真理子さんだった。両手に買い物袋を提げ、その両手で口を覆って、高い悲鳴を上げた。袋に入っていたオレンジが、ころころと転がる。美女の悲鳴も、転がるオレンジも、ますますなんだか映画のシーンみたいだ。

「あ、あなたたち、何をしているんです……！　警察にいいつけますよ……！」

金切り声を上げる真理子さんに、村山刑事が警察手帳を見せた。

真理子さんは、それとわかる「ギャフン」という顔をする。

「これまた、失礼いたしました……」

そういって、真理子さんは出て行こうとする。真理子さん、しっかりしてよ！　これはコントじゃないんだから。

わたしの陰ながらの応援が届いたのか、真理子さんは背筋をピンと伸ばして刑事たちに向き直った。

「失礼してません……。あなたたち、喧嘩しちゃいけないって、学校で先生にいわれませんでしたか……？」

真理子さんにとって、学校の先生の教えはいまだに金科玉条らしい。わたしのような中学生になら効き目があるかもしれないけど、大の男たちには効力ないと思う。

案の定、村山刑事はせせら笑った。

「お嬢さんも、どうやらあっち側から来た人みたいだな。だったら、わかるだろう。こいつは少々痛めつけてもいいんだよ。水木《みずき》しげる先生もいってるもんな。『おばけは死なない』ってさ」

おや、この刑事たちは大島ちゃんの正体を知っているみたいだ。

それはとっても意外なことだったけど、大島ちゃんがもう死なないんだってことも驚きだ。それより驚きだったのは、そこで刑事たちが撤収したことである。うずくまっている大島ちゃんに一蹴りくれて、乱暴にドアを叩《たた》きつけると帰ってしまった。なんだかんだいっても、美女のひとことは効くのだなあと、わたしは感心した。

わたしがトイレから出て行くと、大島ちゃんは恨めしそうな目でこっちを見たけど、別に文句はいわなかった。

真理子さんは、救急箱から綿棒と消毒薬を出して、傷の手当を始める。

「よしよし……。痛いの、痛いの、飛んでけー……」

「あんた、おれのこと、阿呆《あほう》だと思ってない？」

わたしは三人分のマグカップに、お砂糖山盛りのコーヒーを淹《い》れた。

大島ちゃんはそれを受け取り「痛て、痛て、痛て」といいながら飲む。

「お砂糖しみるなら、ブラックコーヒー淹れなおそうか」

「待て。飲む」

ここに居る三人は、苦いコーヒーが苦手だ。そんなこと知ってて意地悪をいうわたしを、大島ちゃんは憎たらしそうににらんだ。

「中野《なかの》春恵《はるえ》って女が、自宅のアパートで殺された。死亡推定時刻、おれはそのアパートの大家に目撃されている」

「あら……」

真理子さんが、きれいな目をぱちぱちさせた。わたしも、うなずいて、話をうながした。

「おれはちょうど、中野春恵のことを、調べていたんだ」

「なんで？　ここって幽霊専門の探偵でしょ。その中野って人、幽霊？　幽霊なら殺されるはずないよね？」

「おれだってなあ、たまにはすき焼きとか寿司《すし》とか食いたいんだよ」

大島ちゃんは、脈絡なく意地汚いことをいう。

つまり、中野春恵に関する調査料が、法外に高かったらしい。素行調査というか、人物調査だ。つまり、普通の私立探偵がするみたいな仕事である。

「ひとりですき焼き食べたの？　なんか寂しいねえ」

「うるせえ。金持ちの娘に、庶民の気持ちが……」

大島ちゃんが文句をいいかけたとき、オルゴールの音がした。『トロイメライ』が一フレーズだけ、ぽろぽろりんと鳴ったのだ。

この部屋には、オルゴールなんかない。だれかの携帯電話が鳴ったというわけでもない。ラジオもテレビも、電源が入っていない。窓から入ってきた音？　いや、ちがう。すぐ近くで鳴ったのだ。

これがズンチャカいうオーケストラのゴージャスな音なら、かえって平気なんだと思う。寂しい音が短く寒々しく鳴ったものだから、かなり不気味だった。だから大島ちゃんなんか、すごく怯えていた。

*

翌日、大島ちゃんがうろちょろしていたという、殺人現場に行ってみた。大島探偵長のおともだ。ご想像のとおり、ガキは来るなとかいわれたけど、帰りにクレープを買ってあげるといったら、ホイホイと連れて行ってもらえた。ガキはどっちだ。

現場には、警察の黄色いテープが張り巡らされて、立ち入り禁止になっていた。たそがれ探偵社に来た、村山というおじさんの刑事が、ちょうど問題の部屋から出て来るところだった。

「おう、大島」

つい昨日は大島ちゃんを疑って暴力をふるっていたくせに、村山刑事は同業者に会ったというように、片手を振ってみせた。

「おまえ、ロリコンの趣味があったのか」

こっちを見ていうので、わたしと大島ちゃんは口をそろえて「失礼な」と憤慨する。

「このわたしをだれと心得る。楠本観光グループ、楠本タマヱの孫娘、ユカリとはわたしのことよ。札束でものいう楠本家の人間に対して、頭《ず》が高い！　ひかえおろう！」

わたしが啖呵《たんか》を切ると、村山刑事は呆《あき》れる。

「おまえ、ロクな大人にならんぞ」

それから、目を大島ちゃんに向けた。

「おい、大島。ぶっちゃけ、おまえ、事件当日、ここで何をしていた？」

「仕事だよ。でも、依頼人のことは明かせないかんな」

そういうと、遠慮なしに黄色いテープの中に入った。わたしも、肩をそびやかして、後に続いた。「なめんなよ！」とか「お祖母さまにいうぞ」とか、いろんなハッタリをいう準備はできていた。

「現場を見せてもらうぞ」

いや、大島ちゃん、いくら何でも民間人のあなたにそれはムリでしょと思ったのに、村山刑事は止めようとしなかった。おいおい、この人は容疑者じゃなかったの？

昨日、あんなに責め立てていたでしょうが？　と思った。あるいは、大島ちゃんの「仕事だよ」という一言で、全て納得してしまったとか？　それにしても、甘くないですか？　民間人に――容疑者だった人に、事件現場に入られて平気なんですか？

「いいんだよ。たそがれ探偵社のことは、警察も知らないわけじゃない」

大島ちゃんの説明は、神秘的過ぎて、わたしには全く納得できなかった。でも、「おばけは死なない」という理由で大島ちゃんをタコ殴りしていた刑事たちとは、そういう荒っぽいけど何らかのコミュニケーションが出来ているとか？

まあ、子どものわたしが心配することでもない。

大島ちゃんの後について、アパートの外階段をのぼった。

昔ながらの――わたしが生まれるよりはるか昔に建ったらしい、とってもオンボロな木造アパートの二階、二〇五号室が問題の場所だった。一階二階とも、部屋が五部屋並んでいて、五号室は四番目の部屋だけど、縁起をかついで「四」号室は欠番なわけだ。殺人事件が起こってしまったのだから、縁起かつぎは効き目がなかったようだ。

大島ちゃんは、ドジっぽく見えるけど一応は探偵なので、指紋を付けないようにハンカチを使ってドアノブをひねった。大島ちゃんがプロっぽいことよりも、白いちゃんとしたハンカチを持っていたことの方が、意外だった。

「おじゃましまーす」

事件現場に侵入するという気持ちのやましさをごまかすために、そんな挨拶をして部屋に入った。好奇心でここまで来てしまったけど、敷居《しきい》をまたぐ瞬間、自分がとんでもない無鉄砲をやらかしていることに気付いた。

殺人現場だよ、殺人現場。おばけ屋敷《やしき》とはちがうのだ。つくりもののホラー映画とはちがうのだ。

でも、そこに入ったからって雷が落ちるとか、血塗られた手が出て来るとか、ゾンビがぎくしゃく現れるとか、そういうことはもちろんなかった。それどころか、とても落ち着いた気持ちの良い空間だった。つまり、少しも荒らされていない。争った形跡がない、というわけだ。

実際、そこは、今にも生活が再開しそうな落ち着いたたたずまいであった。安っぽい合板の食器棚と、カラーボックスと、ホームセンターの投げ込みチラシに載っているような家具しかなかったけど、きちんと片付いていて、手作りらしいキルトとかが飾ってある。あったかい感じの場所なのだ。

八畳間と六畳間と一畳くらいの板の間。八畳間の方に、刑事ドラマとかでよく見る、倒れていた死体をかたどった白い紐《ひも》が置かれていた。それを見たら、気持ちがシュンとなった。こんな気持ちの良い部屋を作り上げた人が、悪人なわけないと思ったからだ。ここでせっせと生活を営んできた人の命が奪われたのだと思うと、やりきれない。わたしはぎこちない手つきで、紐のひと型に向かって合掌した。

たくさんあるカラーボックスには、本がつまっていた。全部、子ども向けの絵本である。そうとわかって、亡くなった人を悼む気持ちが増した。涙が込み上げてきて、腕でごしごしと目をこすった。大島ちゃんよりズボラなわたしは、ハンカチを忘れてきたのだ。一輪挿しの中でしおれたガーベラを見付けて、もう悲しくて悲しくてたまらなくなった。

わたしの後ろから村山刑事が入って来て、ポケットティッシュをわたしの手に押し付けた。ありがたくいただいて、はなをかむ。

大島ちゃんは、そんなわたしたちのやりとりを見ながらいった。

「ここで殺されていたのは、中野春恵。だけど、中野春恵という人物は存在しない。つまり、偽名だ。ここの住人は、アパートを偽名で借りていた。こういうランクの部屋は、住民票を持ってこいとか、うるさいことをいわれねえからな」

大島ちゃんは、さらに続ける。

中野春恵と名乗る人物は、無職で自分名義の預貯金もないのに、ここでちゃんと食べていっていた。働きもせず、日々、絵本の読み聞かせボランティアをしていた。豪《ごう》奢《しゃ》な暮らしぶりとはお世辞にもいえないにしても、家賃、食費、光熱費、それらにことかく様子もなく、どうやって収入を得ていたのかは不明、とのことだ。

「よく調べているじゃねえか」

村山刑事がいった。素直に褒めたようだ。

大島ちゃんは、しれっとした顔で、さらに続ける。

「村山刑事は十年前に離婚しているが、別れた妻との間に娘が一人居る。母娘とも、暮らしているのはこの街だ。娘は今年で十六歳。年に二度、父親に会っている。母親が過干渉なため、母娘の折り合いは悪い。娘は父親と暮らしたがって、最近も電話をよこした――」

村山刑事が大島ちゃんの胸倉をつかんだので、話は中断する。

「きっさま」

村山刑事の大きな手に、血管が浮いていた。日焼けしたひたいにも、はっきりと怒りのマークが見える。そんなに怒ったら、血圧あがるよと、わたしは少しはらはらした。だいたい、刑事さんさ、いまどき「きさま」なんて、普通はいわないから。

「きさま、幽霊だか化け物だか知らねえが、他人のことに首つっこむな」

村山刑事は、わたしがじっと見つめているのに気付き、ふてくされたような顔をして大島ちゃんから手を離す。そして、自分の足元に目を向けて、ぶつぶつといった。

「昨日、別れた女房から連絡があった。娘が家に帰ってないらしい」

「へー」

と、大島ちゃんがいった。

「大変じゃん」

と、わたしがいった。

＊

たそがれ探偵社に帰ると、高野紫苑さんが来ていた。

そして、真理子さんがキャピキャピしていた。……いや、デレデレしていたといった方が近いかもしれない。早い話が、高野さんにしきりと色目を使って、浮かれていた。大島ちゃんが後で食べようと食器棚代わりのキャビネットに入れていたエクレアとシュークリームとアンパンと羊羹《ようかん》を惜しげもなくふるまって、とっておきの玉露を淹れて、せっせとおもてなししている。

「わたし、甘党なんです」

高野さんは、いつもの真面目な顔でいった。そして、口の端に付いたチョコレートをハンカチで上品にぬぐい、革製の黒いビジネスバッグから変にラブリーなものを取り出した。それは、ドーム型のガラスの中にバラとバレリーナの飾りが収まった、オブジェだった。レトロで、どこかチープで、乙女心がくすぐられる。

「可愛《かわい》い！」

よろこぶわたしに、高野さんは目でうなずいた。底の部分に螺子《ねじ》がついているようで、それをギッギッと回すと、音が鳴りだす。甲高くて、可憐《かれん》で、糸のような音は『トロイメライ』の旋律を奏でた。オルゴールであった。昨日、わたしたちが聞いた空耳と、まったく同じ音である。だから、思わず三人で顔を見合わせた。

高野さんは、わたしたちの反応など、少しも興味がない様子だった。

「処分してください」

高野さんが持ってきたということは――。

「これも、幽霊なのかよ？」

大島ちゃんがイヤそうに訊くと、高野さんはかぶりを振った。

「中野春恵さんの遺品です。そして――」

将棋の駒を進めるような手つきで、テーブルの上でメモを滑らせる。

「こちらに中野春恵さんの本名と本宅が書いてあります。それとは別に、これは村山刑事の娘さんの居場所です」

「よく調べているじゃねえか」

大島ちゃんは、さっきの村山刑事と同じことをいった。それから、すねたような顔をする。オヤツを食べられた恨みで、機嫌が悪いのだ。

「おれは、ただのパシリかよ」

高野さんは大島ちゃんの不機嫌などものともせず、食べ残したアンパンをバッグにしまって持ち帰った。

「これ、可愛いんだけど、もらっていい？　だって、処分するんでしょ？　もらってもいいじゃん？」

わたしは、オルゴールをひったくるようにして手に取ると、とっておきのおねだりの目をした。真理子さんが、そんなわたしをにこにこして見ている。

「いいけど」

大島ちゃんは、気が知れないというような目でわたしを見た。

「高野が持ってきたってことは、幽霊とか、怨霊とか、そういう系かも知れねえじゃんかよ。怖くねえのかよ」

「平気、平気」

アパートの様子も気に入ったし、亡くなった中野春恵さんとは趣味が合うらしい。

わたしは、彼女の形見をもらって、ほくほくした。

3　もう一人の彼女

大島ちゃんの運転するクルマ――スズライトSLという、小さくて狭くて可愛い、そしてめっちゃくちゃ古い軽自動車で、高級住宅街にある中塚邸に向かった。

中学生のときに不幸な事件で命を落とした大島ちゃんが、いつどこでどうやって、自動車の運転免許を取得したのかは、まったくナゾである。クルマを所有するに必要な諸手続きを、大島ちゃんがどうやって行ったのかもナゾである。保険とか、車庫証明とか、どういうことになっているのか？　そもそも、亡くなっているはずの大島順《じゅん》平《ぺい》という人物が、クルマを運転していいわけ？

（ひょっとしたら——）

このスズライトSLという、途方もなく古いクルマに、その秘密が隠されているのかもしれない。一九五五年製だというこの小《ち》っちゃい可愛いクルマそのものが、幽霊なのかもしれない。だから、半分くらいはこの世の者ではない大島ちゃんでも、運転できるのかもしれない。

わたしは、そんなややこしい大島ちゃんのクルマに同乗しているわけである。

「コギャルんとこのばあさん、元気か？」

「うん、元気だよ」

「しぶといな」

「あと十年くらいは、あの調子じゃないかな」

中塚という家は、実はうちのご近所さんだった。

なにせ、うちは大金持ちだから。

高級住宅街といったら、楠本家。楠本家といったら、高級住宅街なのだ。

広い庭と敷地《しきち》を囲う生垣や、時代劇みたいな壁や、西洋のお屋敷めいた塀をめぐらした家ばっかりある一角の、ちょっとだけ場末の位置に目指す家は建っていた。つまり、近所といっても挨拶したり立ち話したりするような仲ではないってこと。

さりとて、場末といっても、筋向かいには元市長の邸宅があるんだから、えらいこっちゃ、である。えらいこっちゃ、といえば、その中塚さんの家が、もうてんやわんやの状態になっていた。

――ここで殺されていたのは、中野春恵。だけど、中野春恵という人物は存在しない。つまり、偽名だ。

前に、大島ちゃんがそういった。

そして、高野紫苑さんが、

――こちらに中野春恵さんの本名と本宅が書いてあります。

といって、メモを置いていった。

中塚という家は、そのメモに記されていた家だ。

立派な生垣と、和洋折衷の広い邸宅が、あのつましい暮らしをしていた中野春恵さんの本当の住まいなのである。春恵さんの本名は、中塚春子というそうだ。食品加工会社社長の奥さんだった。

「そっか。中野春恵さんの収入源がナゾだったけど、お金持ちの奥さまのお小遣いだったわけね。中野春恵さんという存在自体、奥さまのおたわむれだったのね」

「そういうことになるな」

春子さんは、中塚家のれっきとした有閑マダムである。

それがどういう理由か名を偽り、身分を隠し、安アパートで別の暮らしをいとなんでいた。中塚家においては、習い事だとか、旅行だとかいって、家を空けていたらしい。

そんな中塚家で、奥さまが変死体となって発見された。

死亡時の名前は、別人の中野春恵。

中塚家の人たちは、そりゃあびっくりしたろうさ。

実際、故人のおたわむれに気付いた警察が押しかけ、事情聴取だの、近所の聞き込みだので、てんやわんやの騒ぎになってしまった。通りでいうと五本くらい離れているわが家でも、茶の間のうわさにのぼっているくらいだ。加えて、春子さんの葬儀したくなんかもあって、家人の憔悴《しょうすい》はいかばかりだろう。

中野春恵さんのアパートの部屋――つまり殺害現場よりも、こちらのお宅の方が敷居が高かった。春恵さん（春子さん）の旦那さま――中塚徹《とおる》氏は、見るからにヤンキーくさい大島ちゃんのことを胡散臭《うさんくさ》いヤツと断定して、追い出してしまった。もちろん、居合わせた警察が協力してくれるわけもなし。

「ねえねえ。大島ちゃんは、前から、中野春恵さんのことを調べていたわけでしょ。で、春恵さんの二重生活について、知ってたわけでしょ？　依頼人も、春恵さんの二重生活について知りたかったわけ？」

「それもある」

大島ちゃんの答えはあいまいだ。これは、つまり、守秘義務ってやつなのかな。

わたしは、質問を変えた。

「大島ちゃんのことを追い払ったんだから、依頼人は旦那じゃないよね？」

「そうだな」

「なんだよ。教えてくんないなら、どうしてあたしを連れて来たんだよ」

「おまえんち、この近くだろ。送ってやろうと思って」

「ああら、御親切にありがとう」

ひさしぶりに探偵みたいなことに首を突っ込めると思っていたのに、ここで締め出すなんて、面白くないったらありゃあしない。

「そんなわけだから、コギャル、そろそろ帰れ」

「もうちょっと居たい」

帰されるくらいなら、たそがれ探偵社に残ってホラービデオを観ていたものを。そういいかけたら、勝手口から女の人が出て来た。エプロンをして、髪をひっつめにして、白いブラウスに紺色のセミタイトスカート、清潔なズック靴をはいている。葬儀の手伝いに来た親戚かと思ったら、そうじゃなくて、この家のお手伝いさんだった。

このシンプルなよそおいのお手伝いさんの目には、大島ちゃんの不良っぽい風采が、怪しくみえなかったものか。主人夫婦のことを訊いたら、すらすらと答えてくれた。

「仲の良いご夫婦でしたよ。年末には決まってお二人で海外旅行に出かけていたし、結婚記念日のお祝いも欠かしたことがありませんでしたしねえ。奥さまは、良家のお嬢さまですから——まさか、別にアパートを借りて二重生活？　まさか、そんな、ねえ」

お手伝いさんは、興味津々といった感じで目を輝かせている。大島ちゃんから、奥さまの新たなナゾなんかを聞けると思ったらしい。残念でした。聞きたいのは、こっちです。

そうとわかると、お手伝いさんは、買い物袋を胸の前でもみしだくようにして、そそくさと立ち去ってしまった。

「それじゃあ、もう一回、旦那に当たって砕けるか」

「待ってました」

「コギャルは帰れ」

「えええ、なんで?」

「いいから、帰れ。ここからは、大人の話だ」

大島ちゃんは片手を振って、一人で門の方へと向かう。わたしは駄々っ子のように食い下がろうかなと思ったけど、やめた。大島ちゃんの仕事の邪魔をする気はないし、面白いことは別にこっちだけじゃないのだ。

＊

家に帰ってから、中井《なかい》海彦《うみひこ》くんに電話をした。

同じ中学校に通う男子で、二人だけで将来を約束した、わたしの運命の人である。野球部のピッチャーで勉強の成績もまずまず良くて、何より俳優並みに顔が良くて、女子にもてもてな人だ。だから〝彼女〟という玉座を奪い取るのには苦労したけど、海彦くん自身は、女性と名のつくものの前では、カチンコチンに緊張してしまう、今どき珍しいくらい純情な人だ。いや、それは度を越して、もはや純情病といえるほどなのである。

そんな海彦くんが、自分から告白してくれたんだから、わたしの可愛さもちょっとしたものだと自負している。

海彦くんは、電話を切って十分くらいで来てくれた。白いママチャリに乗っている。

以前、ある大事件で、わたしを助けるために、この自転車をロケット並みに飛ばして市内を駆け回ってくれたことがある。海彦くんにそんなにしてもらえるなんて、わたしはどこの国の王女さまより果報者だと思う。

「ごめん。野球してた？」

わたしが訊くと、海彦くんは全校の女子を皆殺しにしそうな、超絶的に爽やかな笑顔になった。

「こないだの大会で負けちゃったから、もう引退なんだ。三年生だからさ」

「じゃあ、勉強してた？」

「まあね。英語の宿題、ごっそり出たでしょ」

そうだったっけ。自慢じゃないが、わたしはお世辞にもガリ勉というタイプではない。そして、決して優等生ではない。というか、赤点の補習の常連である。ゆえに、宿題の分量はあまり把握していない。いわんや、受験勉強においてをや。

「気晴らしにちょっと来ない？」

そういうわたしの胸の中では、ある企《たくら》みがふつふつとわいていたのだった。

というのも、わたしが海彦くんを誘ったのは、高野さんが置いていったもう一つのメモに記されていた場所だったのである。

砂浜のある公園から、ずーっと海沿いに自転車を走らせて、おじさんたちがよく釣り糸を垂らして鯖《さば》とかを釣っている埠頭《ふとう》近くの廃倉庫。そのさび付いたシャッターの前で、わたしは海彦くんに目で合図を送った。

「ここ」

「なに？　なに？」

海彦くんは、不安そうな顔をする。確かに、サスペンスドラマのクライマックスで、ヒロインが監禁されてしまうような趣《おもむ》きがある場所だ。そして、この場所にヒロインが隠されているという点では、それほど外れていないのである。

シャッターには鍵のようなものはなかったけど、古くて壊れかけていたから、開けるのには苦労した。海彦くんとふたりで『大きなかぶ』のお芝居みたいに、「うんとこしょ、どっこいしょ」と頑張って、ようやくひざの高さくらい開けて、そこからもぐりこむ。

中は、吹き抜けの二階に採光用の窓が四方にめぐらされていて、予想外に明るかった。

ゆかはコンクリートで、中古のスチール机とかキャビネットとか、棚のたぐいとかが、乱雑に積み上げられていた。なぜか、幼児向けのアニメキャラの着ぐるみが、首と胴体がばらばらに寝かされていた。大きなくす玉とか、跳び箱とか、校庭に白線を引くライン引きとか、卓球台なんかもある、そして、またまたなぜか、和式便器と洋式便器と男性用の小便器が、三台ずつならんで置かれていた。洗面台、蛍光灯、畳、お祭りで使う提灯《ちょうちん》、一帯の夏祭りで着る揃《そろ》いの浴衣が、段ボール箱に入れて積まれている。

「なんなの？　ここ？」

「どこかの会社の倉庫だったんじゃないかな？　社内運動会とかの備品とか？」

「便器は？」

「なぞだね？」

わたしは首をかしげる。でも、首をかしげたいのは、海彦くんだってのは、わかっている。

「大島ちゃんの天敵で、村山刑事って人が居るんだけど。その刑事さんの娘さんが家出して、ここに居るのよね」

高野さんが置いていったメモには、ここの住所が記されていた。大島ちゃんが大人の特権で殺人事件を調べるなら、わたしは別件を受け持ってやろうという寸法だ。

「ここに？」

便器とか、スチール机とか、着ぐるみが横たわる、この倉庫に、家出娘が？　ここのありさまは、わたしも意表を突かれたけど——。

「階段がある」

アパートの外階段みたいな、鉄がむき出しの階段の上に、部屋のようなものが見えた。

わたしたちはいまさらだけど足音をしのばせて階段をのぼり、プレハブ小屋に付いているみたいな安っぽいドアを叩いた。

「だれ？」

女の人の声がした。こういう場合では当然だけど、警戒しているようだった。声の感じからして、未成年みたいだ。そういうわたしの声は、さらに子どもっぽいんだけど。

「あのー、楠本ユカリといいます」

「宗教の勧誘とか？」

「まさか」

ドアが開いた。アラレちゃんみたいな眼鏡をした、色白のひょろりとした女の人がドアの内側に立っていた。高校生くらいに見えるから、この人が村山なごみさんだろうか。怪訝《けげん》そうな顔で、わたしと海彦くんを交互に見ている。ノーブラで白いキャミソール一枚に、ボトムスは洋服の裏地みたいなテラテラした生地の袴《はかま》をはいていた。

「ご用件は？」

壁に、新選組の羽織《はおり》が掛けてある。これも、テラテラしたうすい生地で手作りしたみたいに見えた。マネキンの頭が生首みたいに並んでいて、それぞれに紫色とか水色とか、ありえない毛色のウィッグがかぶせられていた。猫耳つきのヘアバンド、地球のために戦う人とかが着そうな洋服――しかも、超ミニスカート、などなど。つまり、あれか。彼女はコスプレの好きな人なのか？

それはいいんだけど、アラレちゃんみたいな眼鏡の人の、下着なしの胸を目の当たりにして、海彦くんの腰が抜けてしまった。顔の色が、紅ショウガみたいになっている。形の良い鼻からは、ツウと血が滴りだした。

「うわー、大変だ！　なごみちゃん。脱脂綿、脱脂綿、氷、氷！」

アラレちゃんみたいな眼鏡の人は、大いにあせった。

（ということは、この人は〝なごみちゃん〟じゃないのね）

天井から提げられたオタクっぽい衣装の向こうから、ピンクの髪の女の人が飛び出して来る。

「何？　何があったの？」

アラレちゃんみたいな眼鏡の人は、すっぴんでノーブラだったけど、〝なごみちゃん〟はピンクの髪に、西洋人っぽく見えるメイクをしていた。お父さんに似て色黒で、コスプレの映える美人だ。

「何かわかんないんだけど、この子がいきなり倒れて鼻血だして――」

アラレちゃんみたいな眼鏡の人にひたいを撫《な》でられて、海彦くんは失神寸前である。

＊

アラレちゃんみたいな眼鏡の人は、レイラさんといった。本名なのか、ニックネームなのか、アニメか何かの役名なのかは不明だけど。

「純情病？　はあ、いろんな病気があるのねえ」

レイラさんは、ビニール袋に氷をつめて、海彦くんのひたいに乗せている。手に持っていないとずり落ちてしまうので、横たわる海彦くんのかたわらに座って、ビニール袋の端を持ってやっている。海彦くんの頭がレイラさんの太ももにくっつく格好になって、これでは海彦くんの鼻血がいくら出てもとまらない。

「純情病というのは、わたしが考案したわけですが」と、わたし。

「いいえて妙だね。ナイスネーミング、彼女」

なごみさんが、カラーコンタクトの入った目でウインクした。およそ、日本のちまたで日常的にウインクする人なんか見かけたことないから、そうした一挙手一投足まで何かのキャラクターを意識しているのだろうか。

「お二方は、いわゆるオタクなわけですね」

「悪い？」

挑むような問いが返ってくるので、不覚にもビビッた。

「なごみさんがおうちを出られたのも、そのご趣味ゆえですか？」

あれ？　お嬢さま言葉の又従姉《またいとこ》（スミレちゃん）みたいなしゃべり方になっちゃった。

「それも、あるけど。あたしは、もう限界が来たというか——」

「なごみん家《ち》はそうだよねー。キツイよねー」

レイラさんが合いの手を入れた。

「なごみさんがおうちに帰らないから、お父さまが心配してます」

「え？　ユカリちゃん、うちの父の知り合い？　父に頼まれて、ここに来たの？　というか、どうしてここがわかったんだろう？　警察だから？」

なごみさんがわたしをユカリと呼んだのは、さっきわたしたちも名乗ったからだ。

「いえ。わたし、たそがれ探偵社の者でして」

「探偵？　ひょっとして、少年探偵団？」

「児童文学っぽいねえ」

なごみさんとレイラさんは顔を見合って笑った。確かに、中学生が探偵なんかしていたら、少年探偵団だ。

「まさか、ママに、ここの場所バレてないわよね」

「それは、大丈夫です。探偵社独自の調査で参りましたので、お父さまにもバレてないです」

「よかったあ」

板敷《いたじき》の床にあぐらをかいたなごみさんは、二リットルのペットボトルから水をラッパ飲みした。

「うちのママ、すごいのよ」

そこから、ひとくさり、〝うちのママ〟のすごいエピソードを聞かされることになった。

いわく、家にライブカメラを置いて、行動を監視されている。——特定の時間(午後四時)にリビングに顔を出さないと、速攻で電話がかかってくるのだとか。したがって、部活動はもちろん、友だちとちょっと寄り道なんてこともできない。

そして、いわく、スマホは買い与えられているが、毎日、ママのチェックを受けなければならない。

さらに、いわく、付き合う友だちは、全てママのチェックが入る。ママの許可なしに、友人と遊ぶことはできない。なごみさんより学校の成績が振るわない子、派手な子、オタクの子などとの付き合いは許可されない。

「つまり、あたしなんか友だち失格なわけですか」

レイラさんがけたけた笑った。

ましで、彼氏を作るなんかもってのほか。バレンタインデーに義理チョコのお礼のメールをもらったら、ママに泣いてお説教された。相手の家に乗り込んで行って、彼氏でも何でもないその男子を、娘に近づく〝悪い虫〟扱いした。

「強烈すね。うちよりすごいや」

海彦くんは、エキセントリックな話題に顔を赤くするのも忘れて、驚いている。この人も両親との関係では悩みが絶えず、去年は父親との衝突が原因で野球部を休部していた時期があった。

「前に、レイラと映画を観に行こうとしたのよね」

「そしたら。名言が出たよね」

友だちと二人で映画に行こうとしたら。

——なごみちゃん、そんなこと（絶句）、死ぬよりつらい目に遭わされたりするのよ。

死ぬよりつらい目って……。

「シネコンなんかに行ったりしたら、変質者が出て拉致されて監禁されてレイプされたりするといいたかったらしいのよね」

なごみさんは、ボリボリと頭を掻《か》く。わたしは思わず訊いた。

「なんで……？」

「そりゃ、あたしが訊きたい」

「いや、強烈だな。うちよりすごい」

海彦くんが、ママの妄想に感心している。

「お母さん、働いている人なんですよね。社会人なら、もう少し常識的な考え方ができないんですか？」

「会社から電話をよこして、カップ麺の食べ方をレクチャーしたときもあったよね？」

レイラさんが新情報を追加する。

「カップ麺って、お湯を入れたら食べられるじゃないですか？」

「だから、ほら、火傷《やけど》しないように、お湯はゆっくりそそぐ、とか。熱湯じゃないと、煮えないからお腹をこわすわよ、とか」

「いやいやいや、それマジかんべん」

わたしは、想像して身震いした。

「修学旅行のときなんか、会社を休んで付いて来たもんね」

「保護者同伴ってできるんですか？」

「できないわよ。だから、ストーカーみたいに生徒たちの後を尾行するのよ」

「やだあ」

話はさらに、今でもいっしょにお風呂に入りたがるとか、なごみさんが服なんか買うとこきおろして必ず返品させるとか、超絶ダサイ服を買ってきて着ないと拗《す》ねるとか、職場の人や近所の人の悪口を延々と聞かせて同意しないと怒り出すとか——ママ物語は二時間あまりも続いた。

「ママの話すると、体力を消耗すんのよ」

話し終えたなごみさんは、ぜえぜえいっている。

「でも、これであたしがママと絶縁したいわけがわかったでしょ。だから、もう世話焼いてくれなくていいから。パパにも、あたしは命からがら脱出したんだっていっといて」

「だけど、この倉庫、来月には取り壊されますよ」

「ええ?」

家出中のおねえさんたちは、顔を見合わせた。

わたしは同情を込めた目で、あたり一面を埋め尽くす、二人の城の内装を眺めた。

ここは二人の安住の地なのだろう。だけど、罪作りな業者がこの土地建物を買い取って、地域の物産館を立てる予定なのである。その業者というのが、楠本観光グループだというのは、だまっていようと思う。

「お母さまは、なかなか強烈な方みたいですけど——つうか、半端なく強烈ですけど」

わたしは、海彦くんの言葉を借りる。

「なごみさんの身に危険が迫るというほどではないですから」

「いや。絶対にいや。家に帰れっていうんでしょ」

「だって、このままいったら、ホームレスですよ。じゃなきゃ、不良になって非合法な暮らしをするしかないじゃないですか。だいいち、学校にも通えないんじゃ？」

「高校は辞めないわよ。苦労して勉強して入ったんだから」

「じゃあ、家に帰るしかないでしょ」

そういうと、なごみさんはもう何もいわなくなってしまった。中学生相手に黙秘権を行使しても空《むな》しいばかりだが。

「これ、あげます」

わたしは、スカートのポケットからＩＣレコーダーを取り出した。探偵たるもの、これくらいのものは持っていなくては。——わたしは、探偵じゃないけど。

「今までの会話を、全部録音しています」

「ちょっと……」

なごみさんは、怒るような、探るような目でわたしを見た。

「これをお母さまに聞いてもらったら、どうでしょう？　この内容をお母さまと差し向かいで話し合うのは、エネルギーが要るし、途中で親の強権を発動されて、ヒステリーなんか起こされかねません――」

「そうそう。そうなのよ！」

なごみさんは、ママの反撃を脳内に描き、顔をゆがめて激しくうなずいた。

「だから、これを聞いてもらって、それでもなごみさんの気持ちをわかってくれないなら、お気の毒ですけどお父さまと暮らす方向で調整するしかない、と」

「うわあ。この子、建設的なこというわ。あたし、ユカリちゃんに一票」

「だったら、あんたはどうすんのよ」

なごみさんは、二人のユートピアを飾る品々を見渡して、最後にレイラさんの顔をのぞきこんだ。

「あたしが居なくなったら、あんた、孤立無援じゃん」

「どっちみち、来月になったら取り壊すんでしょ。どこか、別の落ち着き先を探すよ。――ひょっとしたら、家に帰るかもしれない」

レイラさんには、また別な重たい心の荷物があるのだろう。

彼女たちの不法占拠とはいえ、別天地を奪う楠本観光グループを代表して、わたしは胸の内で深く深くこうべを垂れたのであった。

年上の人間を説得するなんて、中学生には荷が重い仕事だった。

＊

「おなか空いちゃったよね」

わたしはそういったけど、海彦くんはまだ湯あたりしたみたいな状態で、空腹なんだか満腹なんだか、胃袋の信号が脳に届いていないようだ。でも、久しぶりにたそがれ探偵社が見たいというので、二人で仲良く自転車を連ねて向かった。

大島ちゃんはまだ帰ってなくて、真理子さんが色香をまき散らしながら、事務仕事をしていた。

あ……。

男遍歴の猛者《もさ》である真理子さんのフェロモンは、オタクの女子高生の比ではない。わたしは、純情病の海彦くんを咄嗟《とっさ》に振り返った。日に焼けた運動部員らしい海彦くんの顔の色が、ふたたび紅ショウガみたいになる。

「あ、可愛い男の子……」

真理子さんが破顔一笑したので、海彦くんの両方の鼻から鼻血がドボドボと出た。

「海彦くん、しっかり！」

「あらあ、どうしたの……？」

真理子さんは色気を振りまきながら海彦くんの鼻穴に脱脂綿を詰め、氷枕《こおりまくら》を用意して、それから焼きそばを作ってくれた。わたしはちょっとだけやきもちを焼き、海彦くんは魂を天井辺りまで浮かばせて、ソース味の焼きそばをお腹におさめた。

4　トロイメライが鳴る

わたしは相変わらず宿題も受験勉強もしないでたそがれ探偵社に入り浸っていた。

「ちょっと、出て来る」

「どこへ……？」

「犯人捕まえに」

「わたしも行く！」

「ガキんちょは、おやつ食ってアニメでも観てろ」

そうはいくか。わたしは、大島ちゃんの後を尾行した。背中にしょったデイパックには、春恵さんの形見のオルゴールが入っている。

（見ててよ、春恵さん。仇《かたき》は討つわよ――大島ちゃんが）

大島ちゃんは愛車のスズライトＳＬを駆ったが、わたしは腕の良いタクシーの運転手さんのおかげで、やすやすと後をつけることができた。タクシー代の出所は、今朝お母さんからもらった五千円だ。

――県立美術館の印象派展を観に行きたいの。お昼ごはん代とチケット代ちょうだい。

ああ、お母さん。ウソついて、ごめんなさい。

「お嬢さん、だれを追いかけているんですか?」

大島ちゃんのクルマを尾行《つけ》てほしいといったら、運転手さんは努めて紳士的な調子で訊いてきた。だけど、ルームミラーに映る目は、興味津々、きらきら輝いている。

「パパです」

わたしは、ここでもウソをついた。

「ママのほかに好きな人ができて、その人の家に行くところなんです」

「そんな……」

運転手さんはショックを受けている。

「今日という今日は現場を押さえて、尻尾をつかまえてやるんです。本当は、パパの顔なんか見たくない。声も聞きたくないんだけど」

悪ノリするわたしは、ウソ泣きまでしてみせた。われながら、この性格、なんとかしろ。

運転手さんはすっかり本気にして、わたしを慰めようとする。

「夫婦ってのは離婚すれば、それでサヨナラだ。だけど、親子ってのはそうはいかないもんな。一生、親子の絆《きずな》ってのはほどけないんだから。良い絆もあれば、悪い絆もあるさ。だけど、めげるんじゃないよ。人生ってのは、良い方を見れば、必ず良いことがある。お嬢さんの何倍も長く生きているおじさんのいうことだから、信じていいよ。保証するよ。なんなら、いつでもおじさんに連絡をよこしな」

運転手さんが、名刺のうらに自分の携帯番号を書いて、後ろ手に差し出してきた。

「ううう、おじさん――」

悪ノリが過ぎて引っ込みがつかなくなったわたしは、大島ちゃんが早く目的地に着いてくれるよう願った。ところが、大島ちゃんは、どんどんわたしの家に近付いて行く。きっちり区画整理された碁盤の目状の街をちょっとだけずれて、元市長の住むお屋敷の近くまで行った。

大島ちゃんのちっこいスズライトSLは、元市長ん家の筋向かい、成金《なりきん》っぽい塀をめぐらせた邸宅の前に停《と》まった。

(んん？　ここは――)

春恵さんの本当の家。中塚家だ。

「なんだ、ずいぶんと大きな家だなあ」

運転手さんは義憤に燃えていった。

「そ――そうですね」

「なんなら、おじさんもいっしょに行って、親父《おやじ》さんに一言ガツンといってやろうか」

クルマを停めた運転手さんは、そういいながらシートベルトを外しかける。

「いえいえいえいえいえ。ありがとう、でも、大丈夫」

わたしは両手をもみじのように開いて、何かのオブジェみたいに懸命に振ってみせた。いそいでつり銭が出ないようにお金を出して、タクシーから転がり出る。

タクシーが走り去るのを確認し、大島ちゃんのクルマがからっぽなのも確認して、たいそうな門構えの前に立った。

(正攻法で行くのは、マズイよな)

さりとて、泥棒みたいに塀を越えて侵入するわけにもいかない。同じ不法侵入でも、あらら、ここの戸が開いてたわ、あらら、おうちの中に入れちゃったわ、あらら、ごめんあそばせ、という感じにはいかないものだろうか。

(いった)

神さまが良い子の味方だということは、いろんな童話で証明済みだ。その法則どおり、中塚家の通用口が施錠されていなかったのだ。よし、よし、よし！　わたしはこぶしをにぎってこの幸運を喜ぶと、木でできた引き戸に身をすべりこませた。

わたしの幸運は、その後も続いていた。

というのは、大島ちゃんとこの家の当主——中塚氏が庭で話をしていたからだ。

広い屋敷はぐるりと芝生に囲まれ、塀のそばにはきれいに刈りこまれた植え込みが配置されている。わたしは、内心で「しめしめ」とほくそえんで、その植え込みに隠れた。

大島ちゃんと中塚氏は、どう控えめにいっても、友好的な感じではなかった。

大島ちゃんは、中塚氏の経営する会社が倒産寸前だったことを指摘していた。銀行の融資は断られ、消費者金融からも数社から借りているうちに、もう利用できなくなる。それで闇金にまで頼り、利息を返すだけでも青息吐息の状態に陥った。

「だから、奥さんに高額な生命保険を掛けて、殺したんだよな」

大島ちゃんがそういったので、わたしはびっくりしてしまった。

中塚氏は「証拠をみせろ」とか「名誉棄損だ」とかいって怒り出す。白くて清潔なポロシャツに、コットンパンツ、丁寧になでつけた髪、休日のお金持ちのおじさま然とした中塚氏は、顔付きだけが歪《ゆが》んで品がなかった。大島ちゃんに嚙《か》みつきそうな人相で、大きな声を上げている。

「このチンピラが、何の権利があってここに居る！　出て行け！　いますぐ出て行け！」

大島ちゃんは、そんな中塚氏の激昂《げきこう》を無視した。

「奥さんが借りてたおんぼろアパートな、大家が神経質な人でさ、アパートの通路に監視カメラを付けてたんだよ。奥さんの殺害日時に、あんたがあの部屋に出入りするのが、ばっちり写ってんだよな」

「わ……っ！」

文字通り絶句というヤツだ。中塚氏は恫喝《どうかつ》の言葉を発しようとして、けれどそれが言葉にならず、口をぱくぱくさせている。

大島ちゃんはそんな中塚氏を、凄味《すごみ》のある目で睨《にら》んだ。

「あんたは、悪い人間だよ」

「なんだと！」

あんまりシンプルな指摘なので、反論が続かない。

大島ちゃんは、いがらっぽい声でつづけた。

「おれがこれまで知っている中で、一番悪いヤツってのは、はずみで悪ガキを死なせてしまった男だ。そいつは事件を隠そうとして、人生をまるっきり狂わせた。おれは今でも、そいつのことが許せねえ。たとえ、刑務所で罪をつぐなって出て来たって、許せるもんじゃねえ」

大島ちゃんは、かつて自分を殺した相手のことをいっている。

「だけど、あんたはもっと悪い。そいつなんか、くらべものにならねえくらい、悪い人間だ。金のためにヨメさんを殺したんだからな。

あんたのヨメさんは、あんたのそんな正体をとっくに知ってたんだ。だから、あんたが悪くなればなるほど、ヨメさんは良い人になっていった。自分とは無関係なガキどものために、無償で働いていた。あんたに隠れて、名前も変えて、別人になってボランティアに精を出すことで、救われていたんだ。そりゃ、ちっぽけなことだったけど、あんたのヨメさんはそうすることしか、逃げ場所がなかった。できる限り善いことをするほかにはな」

「…………」

「あんたは、そんな善い人間を殺した」

「だから――！」

「あのな、いっとくけど、あの世ってのはあるから。地獄も、ちゃんとあるから。あんたこれから人間の法律に裁かれて罪をつぐなっても、鬼とか神さまは別の罰を用意して、手ぐすねひいて待ってるから」

覚悟しとけよ。

大島ちゃんがそういったとき、わたしの背中で『トロイメライ』が鳴った。デイパックの中に入れていた春恵さんのオルゴールが一フレーズだけ鳴ったのだ。

「あ」

見つかってしまったわたしは、大島ちゃんと、このオルゴールの持ち主の夫の前に出て行った。わたしはオルゴールを取り出して見せる。

「これは、わたしが春子に買ってやったものです」

嘆くでもなく、懐かしむでもなく、ただ平板な調子で中塚氏がいった。

そのとき、まるで見計らったみたいに、村山刑事と若手のコンビがやって来る。刑事たちは、中塚氏に手錠を掛けて、逮捕の理由をいった。

「妻・中塚春子さんの殺害容疑で連行する」

「どうして、わたしが――」

中塚氏は反論を試みたけど、その言葉は途中で途切れたきり続かなかった。

「奥さんが借りていたアパートの監視カメラに、犯行時刻に出入りするあんたが写っていたんですよ」

村山刑事は、大島ちゃんと同じことを指摘した。加えて、被害者の爪の間から皮膚片と血液が見つかり、それは中塚氏のものだと判明したという。

＊

村山刑事、大島ちゃんといっしょに、公園でオルゴールを燃やした。

細い火の中で、オルゴールは『トロイメライ』の旋律を奏で、そして形を崩してゆく。

あのおんぼろアパートで、夫に殺されたときの春恵さんの気持ちを思いやって、わたしたちはしんみりしてしまう。そして、一瞬だけ春恵さんの気配を感じた。中年の女の人が、わたしたちと一緒にしゃがんで焚火を囲み、そして立ち上がってふうっと消えたような、そんな気配だ。

「大島、娘のことだけど」

村山刑事が、きまり悪そうに鼻のあたまを掻いた。

「ありがとうな。——なごみのヤツ、女房のところに帰って、いろいろ話し合ったらしいんだ。女房がえらく反省してさ、これからはもっと娘の気持ちを尊重するって、おれに向かって泣くもんだからさ。参るよな」

「へ？」

刑事さん、それをいう相手は、大島ちゃんじゃなくてわたしだから。

そんな風に訂正しようとしたわたしだが、たき火に気付いた公園管理事務所の人が駆けつけて、話は中途半端に終わってしまった。

「公園で焚火などの危険行為は禁止する。入口の看板に大きく書いてあるでしょう！」

管理人が血相を変えて怒り、わたしたち三人は小一時間ほどお小言をちょうだいした。

第三話　幻想スパムメール

1　登天郵便局にて

梅雨がもどってきたような、小雨《こさめ》のやまない暗い日だった。

雨の日は、お客さんが少ない。どうせ天国に続く花畑を通って行くなら、晴れた日の方が気持ちいいに決まっている。こんな日に四十九日を迎えた亡者は「まあ、四十九日が五十日になっても五十一日になっても、いいじゃないですか。けちけちしなさんな」と、どこかで酒盛りなどしているのである。

それでも、登天郵便局は開いている。

雨が降ろうが槍《やり》が降ろうが営業日は営業日。この世の職場も、あの世のそばの職場も、働く人たちは真面目なのである。いや、もとい、真面目じゃない。青木さんは訪なう者とてない貯金窓口で昭和五十年頃の少女漫画を読みふけっている。赤井局長は事務室のうらの台所で、何やらガチャガチャやっているし、防犯担当の鬼塚さんは雨なんて気にしないで熊狩りに出かけて行った。

「今日は、おいしいお萩《はぎ》をつくるからね」

庭仕事ができない日でも、赤井局長はデスクワークなんかしない。大きなからだに割烹《かっぽう》着を着て（そんな大きなサイズは売ってないから、自分で手縫いした）、小豆の汁がしみた木べらを「るん、るん」と振り回している。

「局長、閻魔《えんま》庁に提出する書類がたまってるんでしょ」

漫画本を読むのに飽きた青木さんが、文句をいった。確かに、局長席の未決のトレイには、書類が塔みたいに積み上がっている。

「気にしない、気にしない。視野を広くもとうよ、青木くん」

「視野が広いと、お萩をつくるわけ？」

「青木くんも好きでしょ、お萩」

「好きだわよ。文句ある？」

「文句なんかー、あーりませーん」

赤井局長は変な歌を歌いながら、台所に消える。

真面目なのは、お年寄りの登天さんだけだ。小さいからだを雨合羽に包み、軒先で相も変わらず亡き人たちの手紙を焚き上げている。

「登天さん、こんな日は局舎の中に入ってなさいよ。年寄が風邪ひくと、面倒なんだから」

「わたしは、大丈夫なのですよ」

登天さんが目を細めて笑う。

その前を、まるで煙のように出現した真っ黒装束の郵便配達夫が、横切った。

「なによ、縁起が悪いわね」

青木さんが意地悪くいった。

郵便配達夫は黒い三角帽に隠れた顔をさらにうつむけて「ゆうびーん」とつぶやくと、青木さんの手に一通の封書を押し付ける。いつぞやと同じ、真っ黒な封筒に真っ黒な切手が貼ってある。

「なによ、感じが悪いわね」

去ってゆく郵便配達夫の黒い背中を睨んでから、青木さんは渡された封書を、登天さんの焚火の中に落とした。

ドロドロドロ……。

お芝居で幽霊が出るときに鳴るみたいな、陰気なお囃子《はやし》が聞こえた。それは不気味であると同時に、どこかユーモラスでもあった。そして、雨天に上る煙は水に流した墨のように滲《し》み、なかなか空に昇らない。

夜一時十七分に来るメールは、開けてはならない。

開けてしまったら、マシロさんに会ってしまう。


いつもとちがって、宛名も差出人の名も、記されていなかった。

登天さんは、停滞したまま崩れない煙の文字を、閉じた傘の先で掻き消した。

「そうですね。今日は手紙を燃すには、ふさわしくない日かもしれません」

ぴょこりと立ち上がり、鼎の炎に水を掛けて消してから、局舎に入った。

2　クラスメートのこと

小田葵《おだあおい》さんがクラスの皆にいじめられるようになったのは、二年生に進級するときのクラス替えからほどなくだった。

小田さんは不美人《ブス》というわけではないが、とても凡庸な顔立ちをしている。髪型はボブというよりは、むかしながらのおかっぱ頭で、それはお母さんが裁ちばさみか何かそんなものでジョキジョキ切っているらしい。三ヵ月にいっぺんくらい短い髪をしてくるのだけど、そのときのテキトーさが、半端じゃない。

むやみに独り言をいうのも、変人の印象を強くした。ときには敬語で、ときには親し気に、ときには強権的に、一人でかしこまったり、笑いさざめいたり、怒ったりしている。携帯電話を使っているのかと思いきや、ひとりでしゃべっている。

ほかにも忘れ物がむやみに多くて、いや、忘れ物が多いのは、わたしも皆もおんなじだけど――、そんな皆の忘れ物の多さに社会科の先生が、キレた。

――次の授業でだれも忘れ物をしなかったら、全員にショートケーキをご馳走《ちそう》します。

先生、そんなキレ方ってありか？

そう思ったけど、食べ盛りのわたしたちは、大いに喜んだ。食い気はどんな困難をも克服させるのだ。わたしたちは、次の社会科の授業でだれも忘れ物をしなかった

――小田さんをのぞいては。

――やだ、あたしって、忘れっぽーい。

せめて忘れ物をしたことを隠し通せばよかったのにと、思うわたしは、そりゃあ姑《こ》息《そく》だ。

だけど、そこで楽しそうに挙手して資料のプリントを忘れたことを宣言した小田さんは、クラス中のヒンシュクを買った。もちろん、ショートケーキは、だれの口にも入らなかった。

食べ物の恨みは恐ろしいのだ。

小田さんとお昼をいっしょに食べていた人たちが、それをやめた。小田さんが、お弁当のおかずをふたで隠して食べるのが、なんだかイヤだから、という理由だったようだ。

体育とか家庭科とか、教室を移動するとき、だれもとなりを歩いてあげなくなった。

それでも、二年生のころは小田さんから話しかけられれば、ちゃんと会話が成立していたのだ。

だれにも加害者意識があったわけじゃない。もちろん、わたしも悪いことをしているって気持ちはなかった。だけど、だんだんと、それはいじめの形になっていった。

クラスの人気者である尾崎奈々《おざきなな》さんが、小田さんをあからさまに無視した。そして、笑った。尾崎さんと仲の良い高遠《たかとお》さん、岩田《いわた》さん、一文字《いちもんじ》さんがそれにならった。それは最初、尾崎さんのグループだけのことだったが、だんだんとクラス中に広まっていった。わたしを含めて、そんな積極的に意地悪したくない、クラスのほとんどの人たちは、小田さんを避けるようになった。

小田さんは孤立した。

尾崎さんのグループが小田さんの教科書を隠し、ノートを破って捨てた。意地悪なあだ名をつけた。常習的に小田さんの悪口をいうようになった。

だけど、小田さんは普通に学校に来て、平気な顔をしていた。

「暖簾《のれん》に腕押し！」

と、いうそうだ。

国語のテストに出たことわざを引っ張り出して、尾崎さんが声高にいっていた。

小田さんはいじめても応えないから張り合いがないという意味だ。

さすがにいやな気持ちになった。だけど、心のどこかで、納得したのも事実だ。

「楠本さん、あの話知ってる？」

小田さんに話しかけられたのは、三年生になった一学期の終業式の日だ。

「何？」

正直、びっくりしたけど、わたしは平静を装った。そうすることで、わたしはこの人をいじめてなんかいないよと、思い込んだ。善い人になった気がした。そのことに、ちょっと酔った。

「夜の一時十七分に、マシロさんからメールが来る話。そのメールを開いたら、マシロさんが会いに来ちゃうんだよ」

小田さんは、細い一重の目でわたしをじっと見た。小田さんって、こんな顔をしてたっけ。わたしはちょっと意外な感じがした。相変わらずおかっぱの前髪の下で、小田さんの細い目は蛇みたいに冷たく光っていた。感じが悪かった。

わたしは、小田さんのことを、少々のいじめにはへこたれない、良くも悪くも明るい子。心のどこかで、そう決めつけていた。

だけど、このときの小田さんは、わたしを含めてクラスの皆を恨んでいるように思えた。わたしに話しかけたのは、積極的にいじめに参加するわけではない、比較的チョロいヤツだったから。そんな気がした。

つまり、その時のわたしは、ちょっと圧倒されていた。小田さんに「あんたは偽善者だ」と、責められている気がした。

「マシロさんってだれ？」

わたしは、一所懸命に気の利いた答えをしようとした。

「夜中の一時に、せっせとメールを出してるの？　夜更かしなんだね」

「だめだ、こりゃ。楠本さんって、面白くないんだー」

小田さんは、軽蔑のまなざしをこちらに向けた。そして、落書きだらけの上履きを下駄《げた》箱に突っ込んで、変に可愛いストラップ付きの赤い靴をはいて外に駆け出した。

わたしがムッとしていたら、尾崎さんに声をかけられた。

「どうしたの？　ブーこけしに話しかけられてなかった？」

ブーこけしというのが、小田さんに付けられたあだ名だ。

「う〜ん。よくわかんない話だった」

「だよねー。わかんない人だよねー」

わたしの返答を悪口と受け取って、尾崎さんは機嫌を良くした。この人にとって、いじめられっ子の小田さんは、自分の仲間を作るためのツールだった。共通の敵が居れば、仲間の絆が生まれるというわけだ。いやな絆。

このままだと、小田さんの悪口に付き合わされるに決まっているから、わたしはいそいで外用の運動靴をはいた。上履きは夏休み中に洗うから、下足袋に入れて外に出た。

そういえば、小田さんは上履きを下駄箱に残していたっけ。また学校に来る予定でもあるのだろうか。それとも、得意の忘れ物だろうか。

そんなことを考えながら、校庭を横切る。

通学路のポプラ並木の辺りまで来たときには、夏休みの高揚感のおかげで、そんなことの一切合切を忘れていた。

＊

終業式を終えた帰り——つまり、わたしにマシロさんの話をしたその足で、小田さんは居なくなった。帰宅せず、そのまま行方不明になってしまったのだ。
三日後、三年生全員が臨時登校日で学校に集められた。上履き、まだ洗ってなくて正解だ。

小田さんがいじめに遭っていることは、それとなく先生の耳にも届いていた。それで、同学年の生徒全員が無記名アンケートというのを書かされた。わたしは、小田さんに関する事実と自分の考えを正直に書いた。

海彦くんといっしょに帰る約束をして、昇降口で並んで外履きの紐を結んでいたら、担任の先生に声を掛けられた。

「楠本、おまえ、さっきのアンケートに書いていた、マシロさんの話を教えてくれないか」

「いいですけど」

わたしは、首をかしげる。

「無記名アンケートなのに、なんでわたしが書いたってわかるんです？」

「おまえが名前を書いていたから」

「えええ？」

ああ、わたしは天下一のおっちょこちょいである。

＊

翌日、海彦くんといっしょに又従姉のスミレちゃんに会った。待ち合わせのファミレスに少し早く着いたら、海彦くんがとっくに来ていて、野球漫画を読んでいた。わたしの顔を見ると、嬉しそうに手招きしてくれる。格好いい人がそういうことすると、まるでテレビのCMかドラマのワンシーンみたいだ。わたしはデレデレした。ドリンクバーでグレープフルーツジュースを注いで、海彦くんのとなりに座った。

「先生がいってたマシロさんって何?」

「わかんない。終業式の日に、そのことで小田さんに話しかけられたの」

わたしはジュースを一口飲む。そして、マシロさんの怪談の基本情報を海彦くんに教えた。夜中の一時十七分に来るメールを開いたら、マシロさんというものが会いに来る、と。

「会いに来て、どうなるんだろう?」

そこから先のことは、わたしもわからない。

「小田さん、スマホを家に置きっぱなしにして居なくなったらしいのね。そしたら、夜の一時十七分にメールが着信していたんだって」

そこへ、スミレちゃんがやって来た。

わたしとちがってれっきとしたお嬢さま然としたすみれちゃんは、遅れたことを詫《わ》びてから(本当は、待ち合わせ時間までにはまだ五分早いんだけど)、背筋を伸ばして座った。胸の前で組んだ手が、おしとやかである。

「マシロさんのことね。わたしが、在校生だったころの話なの」

スミレちゃんはわたしたちより三歳上の、高校三年生である。白妙東中学の先輩だけど、わたしは高校までは追いかけていけないと思う。スミレちゃんは、優等生なのだ。だから、マシロさんという都市伝説について詳しいってのが、ちょっと意外だった。

「都市伝説というのとは、ちょっとちがうのよ。わたしたち、真白《ましろ》先生に習ったもの」

「え？　マシロさんって、先生なの？」

わたしと海彦くんは顔を見合わせた。スミレちゃんを前に、海彦くんは緊張して、ちょっと赤面している。

「ええ。教育実習生でね、実習が終わった半年後に自殺してしまったの」

話が具体的に、しかも急降下して悲劇に落ち着いたので、わたしは目を丸くした。

「お名前は、真白史郎《しろう》さんといいました」

真白先生の受けもったクラスは、荒れていた。真白先生は内気で声も小さくて、とてもおどおどした人物だったから、いじめるのが面白かったのかもしれない。無視やからかいが続いた後、学校の地下室に三日三晩閉じ込められてしまったのだ。

「どうして三日三晩も？　居ないことにだれも気付かなかったんですか？」

海彦くんが、顔を赤らめながら、一所懸命に質問した。わたしも大きくうなずいた。

「ゴールデンウィークだったのよ」と、スミレちゃん。

「ああ」

わたしたちは、痛ましい思いで息をつく。

助け出された真白先生は、脱水症状とパニックの発作を起こしていたらしい。先生を閉じ込めた犯人は、結局のところ判明しなかった。不祥事発覚を恐れた学校側が、事件を隠して幕引きしてしまったと生徒たちはうわさした。中学生のうわさだから社会的な高まりではなく、都市伝説の方へと拡大してゆくことになる。

事件以来、精神状態が不安定になった真白先生が自殺すると、物騒なうわさはいよいよ真実味を帯びた。

先生——そのときはすでに先生ではなく、大学四年生にもどった真白青年は自宅アパートで首《くび》吊り自殺をした。親元から離れていたし、親しい友人も居なかったために、だれも生前の危機にも気付いてあげられなかった。亡くなったことすら、だれにもわからなかったのだ。電話に出ないのを心配して、母親がアパートを訪ねたときには、死から一ヵ月近くも経過していた。

「ああ」

わたしと海彦くんは、ため息をつくより他にできることはない。

＊

「その部屋は、当然ながら事故物件になりました」

高野紫苑さんが、ファイルをめくりながらいった。

たそがれ探偵社の昼下がりである。高野さんは甘党のくせに、真理子さんの淹れる甘いコーヒーが苦手らしく、強いお酒みたいにちびりちびりと飲んでいる。

「神社と寺にお祓《はら》いを頼み、その後は格安で貸しています。もちろん、入居者には縊《い》死《し》事件があった旨の説明はなされています。もっとも、真白史郎の霊はそこには居ないのですが」

「ということは、怨霊になって、どこかに……？」

自分でも怨霊だったことのある真理子さんが、興味深そうに訊いた。

「ええ、怨霊になって、せっせとメールを書いているらしい」

「怨霊って、携帯電話とかプロバイダとか、契約したりするんですか？　んん？　ネットカフェとかに行けばいいか――って、ネットカフェに行く怨霊も、変ですよね」

わたしが茶々を入れると、高野さんはおもむろに右手をもたげた。人差し指をすいっと立てたところが、魔術っぽい。すると、わたしのスマホにメールが着信する。

――試すなや、アホ😝

そんな文面が届いていた。

「高野さん、すごーい、すごーい。高野さんって、怨霊なんですか?」

「この場合は、超能力者なのですか? という問いの方が自然では?」

「じゃあ、超能力者なんですか?」

「ちがいます」

高野さんは無表情でいうと、お砂糖たっぷりのコーヒーを、息を止めて飲み干した。すかさずお代わりを淹れようとする真理子さんに、腕を交差して見せ「もう要りません」と冷たく断った。

「マシロは現在、大変に危険な状態になっています。きみも、真夜中に着信したメールは開いたらだめですよ」

「はいはい。だれも、そんな怖いことなんかしませんよ」

なんてね。わたしは、そんなに素直な良い子ではないのだ。

その夜、一時十七分にメールがきた。

――これからゲームをしましょう。学校に来てください。

わたしはパジャマから私服に着替えると、こっそり家を抜け出した。

3 ひとりだけ

真夜中の学校に、たった一人で侵入した自分の物好き加減には、あきれた。わたしの辞書に「分別」という文字はないのか？

だけど、そんな物好きは、あと三人いた。

クラスメートの、尾崎奈々さん。——なぜ、あなたがここに？

ボーイフレンドの、中井海彦くん。——海彦くん、なにやってんのよ？

失踪していたはずの小田葵さん。——今まで、どこに行ってたわけ？

海彦くんは、きょときょとしていたし、尾崎さんは「いやよ、帰りたい」といって泣いていた。帰りたいということは、自分の意思でここに来たわけではないってこと？　それにしては、もう夜更けだというのにパジャマではなくちゃんと身支度しているし、第一、連れて来ただれかも見当たらないわけだから、自分の足で来たということになるんじゃないの？

そこは真夜中の学校の廊下である。片側が教室に面しているけど、その教室にも窓がないだけど、なぜか窓がなかった。わたしは、わけがわからなくなった。こんな場所、白妙東中学にはない。

「きみたち」

声がした。

わたしたち四人は、いっせいに振り返った。

ずっと向こうまでトンネルのように連なる細長い空間を背に、白いパーカーを来た大人が居た。一人である。ほとんど闇の中なのに、髪の毛が洗っていなくて脂じみているのがわかった。でも、そんなことより異様だったのは、その人が真っ白いお面をかぶっていたことだ。目の部分に二つの穴が開いているけど、暗いせいか中の目は見えなかった。お面には鼻も口もつくられていない。つまり、のっぺらぼうだ。体格と髪型から、若い男の人だというのだけはわかった。

「………」

幽霊ならば、これまで何人も会ったことがある。

(だけど、こいつは——)

わたしは、ごくりと唾をのみこんだ。

なんだか知らないけど、怖いことが起こっているらしい。この人は、幽霊よりヤバイ人らしい。または、かなりヤバイ幽霊らしい。

「わたしの名前を知っていますか」

幽霊みたいな人が、そういった。お面のせいで、声がくぐもっている。その人間っぽさが、ちょっと意外な気もした。

「はい、はい、はい！」

小田さんが、変なテンションの高さで、手を挙げてぴょんぴょん跳ねた。

「マシロさんですよね！」

「小田さん、正解です」

幽霊よりヤバイ人は、やっぱり幽霊だったらしい。マシロさんは、教師っぽい口調でいうと、拍手の真似事《まねごと》をした。それで、真白さんが手に白手袋をはめているのがわかった。

マシロさんは続ける。

「わたしは、きみたちが大嫌いです。だから、こうやって懲らしめているんです。ここは学校の地下室です。地上に通じる階段が、どこかに一ヵ所だけあります。皆さん、自分のほかの三人を殺して、一人だけ階段をのぼっていらっしゃい。その一人だけを助けてあげます。ただし、必ず三人を殺してからいらっしゃい」

殺す？

わたしたちは絶句した。

マシロさんはギャグのつもりだったのだろうか、子供番組の悪役みたいに「わーっはっはっはっ」というわざとらしい哄笑《こうしょう》を上げ、廊下の向こうに去って行く。その白い後ろ姿がかなり小さくなったとき、むかしのブラウン管テレビを消すように、一瞬よじれて掻き消えた。

『学校では、教師こそが王さまなのです。きみたちは、王さまの言葉に必ず従わなければなりません。三人殺していらっしゃい。先生はいつでも、きみたちを見ていますよ。さぼったら、許しません』

お面の下でもごもごいう声が、頭上のスピーカーから響いた。

「いやー！」

金切り声を上げて駆けだしたのは、尾崎さんだ。

「じゃーん」

そういって振り返った小田さんの手には、果物ナイフがにぎられていた。

「ちょっ……」

文句をいいかけたわたしの手を、海彦くんが強引に引っ張った。野球部エースの腕力は強くて、わたしはなかば引きずられるようにして、海彦くんといっしょに走り出した。それがかなり乱暴なので、殺気に近いものを感じてしまったんだけど、海彦くんは小田さんからわたしを連れて逃げようとしていたのだった。

ばたばたと走る。一度持って帰った上履きを、律儀にもちゃんと持って来ていたわたしは、小田さんが上履きを学校に残して行ったのは、今夜のためだったのかと思ったりした。

「海彦くん、えらーい。上履き、もう洗ったんだ」

わたしは、どうでもいいことをいった。

海彦くんは立ち止まり「うん」とか「晴れてたから」とか、あいまいに口の中でつぶやく。それから、われに返ったようにわたしの顔をまっすぐに見た。

「あいつ、本物のマシロさんだと思う？」

「断定はできないけど、キレキャラでブッとんでて、生きている人間じゃないのは確かだよね。とりあえず、マシロさんだと思っていいんじゃないかな。うちの学校の生徒のことを恨んで死んで、こうしてわたしたちに祟《たた》っている、と」

「だね」

海彦くんも幽霊には免疫がある。大島ちゃんが幽霊だったころは、「海ちゃん」と呼ばれて、小銭をたかられていた。わたしたちがこれまで出会った幽霊は、善良な人たちばかりだった。子どもを集めて殺し合えなんて、非常識なことをいう怪物なんて、はじめてである。

「で、どうする？」

「どうするって？」

「きみがここから抜け出したいなら、ぼくのことを殺してもいいよ」

海彦くんがそんなことをいうものだから、わたしはカンカンになって怒った。

「馬鹿じゃないの？　海彦くんを殺して生き延びたとして、わたしの人生この先なにか残るとでも思うわけ？」

「楠本さん！」

海彦くんにいきなりハグされたので、わたしは大いに驚いた。でも、驚いたのは、海彦くんも同じだったようだ。あわてて手を離して後ずさると、「ごめごめごめごめごめんなさい！」と叫んだ。

「シッー！　シッー、シッー！」

「ごめごめんなさい……」

わたしは、両手を腰にあてて、ふんぞり返った。そして、たった今の海彦くんの言葉をそっくり真似《まね》する。

「で、どうする？」

「どうするって？」

今度は、海彦くんがそう訊いてくる。

「あの二人は、うちらのことをどうするかな？　小田さんは刃物を用意していて、しかも殺気満々だったよね。わたしたちも、マシロさんのいうとおり、あの二人を攻撃する？」

「それは、できないでしょ」

海彦くんは即答した。わたしも同感だった。殺されるのも、殺すのもどっちもイヤだ。そんな選択は許さないというのは、マシロさんの理屈。ヤバイ幽霊のいうことをいちいち真に受けていたんじゃ、命がいくつあっても足りないってなもんだ。

「じゃあ、当面の目標は」

「一ヵ所だけだっていう階段を探すこと。そこで真白さんが待ち構えているのは必定だけど、般若心経《はんにゃしんぎょう》とか唱えて成敗しちゃおう」

「般若心経知ってるの？」

海彦くんに尊敬の目で見られ、わたしはこうべを垂れた。

「すみません。知りません」

「じゃあ、そのときはそのとき作戦だね」

「おお、それ最高」

そして、わたしたちは再び闇の廊下を歩き出した。

マシロさんは〝地下室〟といっていたが、市立の中学校にこんな大規模な地下室があるはずはない。一組から八組まで向かって教室が並び、突き当りの廊下がL字に曲がって職員室とか校長室とかある棟に続いている。五組と六組の間にも廊下があり、それが、理科室や美術室などのある特別教室の棟に連結していた。

なんのことはない、これは白妙東中学の三階の構造といっしょだ。三階は最上階だから、上に昇る階段がないのは当然のこと。だけど、二階以下に降りる階段も、のっぺりとした壁で塗りこめられた格好になっている。一巡してみたけど、階段なんて見つからなかった。

「トイレ行っていい？」

海彦くんが、男子トイレの前でそう訊いてきた。

「うん、ＯＫＯＫ」

このありえない空間の正体が何であれ、トイレを用意してくれているのは親切だ。

男子トイレの前の暗がりの廊下にぽつねんと居ると、下痢したときにトイレの前で待っていたという真理子さんの元彼のことを思いだした。思わず笑えてくる。

それで、隙がうまれたのだ。

背後から、ひゅんと風を切る音がした。

次の瞬間、背中に覆いかぶさる人の気配と、首を絞めつけられる痛み、呼吸が止まる苦しさに同時に襲われた。手で首を掻きむしる。食い込むロープが指に当たった。

「ふん、ふん、ふん！」

気合と鼻息が混じって、すごい殺意が突き刺さった。

尾崎さんだ。

(泣いて逃げたけど、結局は前向きになったわけね)

なんて、余裕じみたことを考えていたけど、実際はそれどころじゃなかった。

「楠本さん——ごめんなさい——ごめんなさい」

尾崎さんが、のどの奥で絞り出すように泣き声を上げている。それはだんだん言葉にならなくなって、嗚咽《おえつ》に変わって行く。

殺されるってこんな感じ？　すごい、イヤなんだけど。思う間にも、いよいよロープがのどに食い込む。

苦し紛れに、ひじを後方に振り回した。

それは尾崎さんの、みぞおちを直撃した。

悲鳴が上がったけど、のどを締める力は少しもゆるまない。

目の前に、火花のようなものが浮かび始め、自分の声とも思えない「ひっ、ひっ」という甲高く細い喘《あえ》ぎ声が耳に届いた。同時に、意識が遠のいて行く。

「楠本さん――！」

海彦くんが遠くで叫び、同じ瞬間、ロープが緩んだ。

わたしはどさりとしりもちをつき、「ごす！」と鈍い音が耳元でした。

尾崎さんが世にも哀れな声を上げて、後ろに吹っ飛び、海彦くんがわたしの肩を抱えて助け起こす。

「楠本さん――楠本さん――楠本さん――」

「大丈夫、全然――生きてる」

自分でもぞっとするようなしわがれ声で、わたしは答えた。

「うああ――ああ、うあああ！」

尾崎さんが、非難と落胆と、無念と後悔と、ともかくマイナスの感情を詰め込んだ悲鳴を上げて、転びながら逃げて行く。

わたしは虚脱状態でそれを見送り、海彦くんは追いかけて行ってとてつもない暴力を発揮しそうになる自分と、必死で戦っているらしかった。

そんなわたしたちは、尾崎さんの後ろ姿が、マシロさんと同じように、ブラウン管テレビの画像みたいに消えるのを見た。

「どういうこと？　――マシロさんだけじゃなく、わたしたちまで幽霊なわけ？」

「わかんない」

海彦くんは、いまさらながらにトイレの後の手洗いを済ませ、もどって来た。

「おれたち、生霊になってるのかな」

「生霊が私服に着替えて、上履きを持って来たってこと？」

「そこは、マシロさん作の設定なんじゃない？　この〝地下室〟自体が、マシロさんのこしらえた世界だと思うんだよね」

「そこは同感」

時間経過とともに、がらがら声が元にもどってきた。

「つまり、おれたちは生霊になって、マシロさんの中に居る」

「マシロさんの設定、すなわち、マシロさんの中、ですか？」

「そんな気がするんだよね――」

まるで『ピノキオ』の物語に出てくる巨大鮫《さめ》だ。マシロさんという巨大鮫のお腹の中に、わたしたちは飲みこまれているというのか。

「ピノキオって、どうやって鮫のお腹から出たっけ」

「え？」

「だから――」

わたしが『ピノキオ』のあらすじを説明しようとしたとき、尾崎さんの悲鳴が響いた。それは間断なく、泣き声と混ざりながら、長く長く尾を引く。

「尾崎さんが、小田さんに襲われているのかな」

「助けに行ってくる」

「あたしも行く！」

尾崎さんの襲撃で思ったよりダメージを受けたのか、海彦くんに追いつくのは至難のわざだった。まあ、むこうは野球部で鍛えた人だから、本気で走ったらわたしなんか、亀みたいなもんだけど。

渡り廊下に続く曲がり角で、黒い影が揉み合うのが見えた。

小田さんは刃物を持っている。それを思いだして、わたしはそれこその刃物で顔でもなでられたような気持ちになった。海彦くんを、みすみすそんな危ない人のところに行かせてしまったことを後悔する。

尾崎さんの悲鳴が、号泣に変わった。それがやんで、高い足音に変わる。

(なになになに!)

込み上げる不安で、わたしは吐きそうになった。

長い長い、もう馬鹿みたいに長い廊下を駆けて、海彦くんの居る曲がり角に辿《たど》り着《つ》いた。

「海彦くん——!」

海彦くんが、廊下にへたり込んでいる。

わたしは暗がりの中で、いらいらと目を凝らした。尾崎さんの姿も、小田さんの姿も見えない。この際、そんなのどうでもいいのだ。わたしは、海彦くんにしがみついた。

「生きてる? ねえ、答えて! 生きてる?」

「うんうん。大丈夫、生きている」

どろりとした生暖かいものが手に触れた。血だ。海彦くんが怪我をしているのだ。

「ちっきしょう、あの女——!」

わたしはわれながらびっくりするくらい、物騒な声を出す。女は結婚なんかしていなくても、子どもを産んでいなくても、自分がまだ子どもでも、生まれながらに妻であり母なのだ。わたしの〝連れ合い〟が傷付けられた。その怒りは、自分でも想像を絶していた。

「怪我どこ？　痛い？」

「右手。ちょっと痛い」

闇の中で目を凝らし、海彦くんの大きなてのひらが斜めに切られて、血が流れているのを認めた。のどの奥をぜいぜいいわせながら、わたしはハンカチで海彦くんの怪我をしばり、その手を自分の頬にあてた。涙が出てきた。

「痛いの、痛いの、飛んでけ」

思わず、真理子さんみたいなことをいってしまった。海彦くんは大島ちゃんみたいに照れ隠しの憎まれ口なんかいわず、素直に「ありがとう」といってくれた。

それからわたしたちは、トイレの前にある水飲み場で、蛇口を上向けてのどをうるおした。そうやって水を飲んではじめて、ずいぶんとのどが渇いていたことに気付いた。

三階をそのまま切り取ったマシロさんの中の〝地下室〟を、わたしたちはくまなく歩いた。教室には黒板があり、机と椅子が並び、掃除道具とクラス全員分のコート掛けがあった。トイレには便器があり、理科室には上下にスライドする黒板と、実験用の大きな机が並んでいる。だけど、階段はない。窓もない。

それきり、尾崎さんにも小田さんにも会わなかった。マシロさんも居ない。最初はわたしたちを煽《あお》りたてていたスピーカーも、あれ以来、何もいわない。ただ、ときどき「ジジジ……」とノイズがもれるのが不気味だけど。

「この地下室は、現実にはない場所だよね。どうやって、おれたちは、ここに来たんだと思う？」

「現実にはない場所だから、現実にはわたしたちも居ないってこと？」

「前に従兄《いとこ》から借りた古いゲームでさ、暗闇の街に放り出されるって場面があったんだよね。暗闇の街自体がダンジョンになってるんだ。そこでイベントをクリアして現実にもどれるんだけど、現実では主人公たちはせまい部屋の中を気絶状態で歩き回っていただけだったんだ」

「でも、ゲームの話でしょ。それこそ――現実味がなくない？」

「でも、おれたち、現実に怨霊にたたられているわけでしょ。その時点でもう、現実味がないよ」

「そういえば、そうか」

わたしは、なんだかおかしくなってけたけた笑った。

そしたら、とたんに、異変が起こった。わたしたちはそのとき、真っ暗な廊下に居たんだけど、黒いトンネルみたいな後ろと前の空間がちょんギレた。上下左右の床だの壁だの真っ暗な窓だのが、もろもろと崩れて、だけど崩れたかけら自体が落ちるまでに蒸発して消える。

4　そんなもの

急に空気が湿気って、温度が下がった。

落ちた天井とか床の下から、新しい床とか天井とか壁とかがあらわれた。

その天井から、人間がぶら下がっていた。首を吊《つ》っていたのだ。

わたしは、悲鳴を上げて海彦くんにしがみついた。後ずさったはずみで、何かぐにゃぐにゃしたものを踏んづけてしまう。さらに声を上げて振り向いたら、小田さんと尾崎さんが居た。仲が悪いはずの二人が、手をつないでいる。顔は首吊りの人を見上げているのに、びっくりもしていなければ、怯えてもいない。わたしに足を踏まれたのに、痛がってもいないのだ。

「あのぉ——もしもし」

顔の前で手を振ってみた。二人とも、全くの無反応で、まばたきもしない。

わたしと海彦くんも、たった今まで同じ状態だったのかもしれない。

海彦くんが、わたしたちの居場所が現実ではないと指摘したせいで、呪いが解けたというか？　わたしたち四人が共通の夢を見ていて、その夢から覚めたというか？　だとしても、安心できるような状況では全然ないみたいだけど。

そこは、確かに、白妙東中に現実にある理科室の半地下だった。

スミレちゃんがいっていた、真白先生が悪ガキたちに閉じ込められたというのは、この場所だろう。だったら、目の前で首を吊っている若い男の人は、真白先生か。

「真白先生は、自宅のアパートで首を吊ったはずでしょ」

だから、その部屋が幽霊物件になってしまったのだ。

わたしがいうと、首を吊っている人が顔をもたげた。肌の色は、血の気がないのを通り越して緑灰色だ。目が落ちくぼんで、眼球が白濁している。それでも、首吊りの人はわたしと海彦くんを見た。そして、笑った。黒くなったくちびるが、ぐにゃっと吊り上がる。口の中も、真っ黒だ。その口から、白いものがぼとぼとこぼれた。それは、床の上でうごき始める。生まれて初めて見たけど、ウジ虫だというのはわかった。わたしは再び悲鳴を上げる。海彦くんが、わたしの腕をとって自分の後ろにかばってくれた。……こんな場合だけど、やっぱりちょっと嬉しい。

「先生って呼んでくれるのかい？」

聞きづらいごぼごぼした声で、真白先生はいう。どんなに変な声を出したとしても、その奇妙さよりも、首吊り死体がしゃべっていることの方が驚きだ。ありえない角度で前に曲がった首が、ありえない長さに伸びている。

(ていうか)

この人は怨霊なのだ。中学生をおびき出して殺し合い(それが、幻の中のことだとしても)をさせるくらい、見境なくだれも彼もを恨んでいる霊魂なのだ。霊魂だったら、きらきらのイケメンにだってなれるでしょうに、こんな不気味な姿になるくらい、怨念がこじれにこじれている。

「だからって、わたしたちにこんなことをしなくてもいいでしょう!」

わたしは、かなり腹が立っていた。

真白先生の後ろには階段がある。右も左も後ろも、壁でふさがっているから、その階段こそ真白先生のいっていた地上への出口にちがいない。だけど、ここまで感じの悪いことをしておいて「おめでとう、ゴールインです!」なんていって、ここから出してくれるとも思えなかった。

「そこに、ナイフがあります」

案の定だ。

真白先生は、だらりと垂れていた腕をもたげ、自分とわたしたちの間の床を指した。

古い板敷の床に、果物ナイフが落ちていた。小田さんが持っていたものだった。

「そのナイフで、まだ夢の中に居る二人のお友だちを――コロシなさい」

真白先生はそういって、声をひっくり返らせて笑った。背筋がざわざわするような声。背筋がざわざわするような要求。

わたしたちが答えられず、動くこともできずにいると、真白先生はさらにいいつのった。

「最初から、そういうルールだったでしょ。お友だちを皆殺しにした子を一人だけ、助けてあげるって、そういったでしょ」

「馬鹿も休み休みいってください！」

海彦くんが、怒った声を出す。

「ごめんね、ぼくは休まない馬鹿なの」

真白先生は、しゃっくりみたいな、神経に障る声で笑った。

そして、首吊り死体は、びくんびくんと全身を痙攣《けいれん》させる。まるで、こんな死に方を選んだ人が、最後の苦痛に悶絶《もんぜつ》するみたいに。

「おれがぁ――」

真白先生の声が、変わった。低くて野太い、地響きみたいな声だ。目がまん丸く見開き、わたしと海彦くんを見た。

「七十二時間、ここに閉じ込められた。七十二時間の絶望と恐怖を味わった。おまえたちは、おれの苦しみを笑っていた。笑っておれをここに押し込めて、立ち去った——これを恨むなというのか。これを許せというのか」

「わたしたちが、先生を閉じ込めたわけじゃありません！」

わたしは、憤然と叫んだ。

だけど、真白先生はいよいよ逆上する。

「おまえたちは、全員が同じだ。鼠《ねずみ》には名前はない！　虫には名前はない！　生徒には名前はない！　——おまえたちなんか、殺し合って一人も居なくな——……」

拡声器を通したみたいな怒号が、尻切れになって消えた。

真白先生の背後にある階段の果て、木の引き戸が開く。

男の人が二人、並んで階段を降りて来た。シルエットになって顔は見えなかったけど、わたしにはそれがだれなのかわかった。「やんちゃしてます」って感じの大島ちゃんと、髪の毛の長い高野紫苑さんだ。

「ギャーテイ、ギャーテイ、ハーラーギャーテイ、ハーラーソーギャーテイ」

高野さんはそう唱えて、お寺の参道のおみやげ屋さんで売っているような、般若心経が書き込まれたてぬぐいで、真白先生の顔に頰《ほ》っ被《かぶ》りさせた。大島ちゃんが階段を踊るような身軽さで降りて来て、ナイフを拾うと、真白先生をぶら下げている縄を断ち切った。ザイルみたいに丈夫そうに見えた縄はあっさりと切れて、真白先生は床におっこちた。どさりという、重たい音がした。わたしは、この首吊り死体は怨霊だと決めてかかっていたので、重さがあるのが意外だった。

「邪魔するな——大人が出てくるなんて、卑怯《ひきよう》だぞ——」

「おまえ、いってることが、無茶苦茶だぞ」

大島ちゃんが、いやそうな顔をした。

「生徒には名前がないっていったな。アホか。先公なら、授業の前に出欠を取るだろうがよ」

「そうよ、そうよ！」

味方を得て、わたしは図に乗った。

「おめえをいじめたガキどもには、おまえなんか十把一絡げの名前のない大人だったわけだな。だから、地下室に閉じ込めても、それで病気になって自殺しても、だれでもねえヤツだから、別に良心も痛まない、と。そもそも、おまえが死んだことにも気付いてなかったりしてよ」

もくもくもく……。

真白先生の全身から黒い煙があがる。

大島ちゃんは、そのかたわらにしゃがみ込んだ。

「安心しろ。おまえを苦しめた悪ガキどもは、おまえが死んだのを知って、ちゃんと苦しんでる。主犯は、引きこもりになっちゃってな。別なヤツはリストカットを繰り返してるし、家出して行方のわかんねえヤツも居る。交通事故に遭ったヤツ、なぜか難病になって動けなくなっちゃったヤツ、全員がさんざんだ」

「本当に？」

真白先生の顔が、緑灰色から見る見る血の気を帯び、健康そうなかがやきをとりもどした。わたしと海彦くんは、あっけにとられて、その様子を見守る。

「ああ、本当だとも」

大島ちゃんは、わざとらしいくらい大きくうなずいた。真白先生はにんまりと笑う。

「へえ。それは、良かった。本当に良かった。死んだ甲斐《かい》があったよ」

真白先生の姿が、だんだんと透明になる。電球みたいに光の矢が八方に射《さ》して、その姿が溶けて消えていった。それは神々しい——感動的な瞬間だったが、文脈からしてまったく神々しくもないし、感動的でもない。

「良かった？　死んだ甲斐があった？　なに、それ？」

わたしが憤然と噛みつくと、大島ちゃんはうるさそうに顔の横で手を振った。

「馬鹿は死ななきゃ治らないとかいうけどさ、実際には死んでも治んねえから。真白って野郎は了見ちがいの馬鹿者で、それが原因でガキどもにいじめられたのかどうかまではわかんねえけど。そのガキどもが不幸になったって聞いて、満足して成仏するようなヤツだったたってのだけは、確かだ」

「…………」

わたしたちは、言葉をなくした。

「でも――、いじめっ子たちにバチが当たったたってのは、本当？」

「うそだよ」

大島ちゃんがあっさりいうので、わたしと海彦くんは呆れてしまった。

一方、高野さんはどんなことをしたのか、小田さんと尾崎さんの意識を戻して、階段の方へ連れて行く。高野さんは絵に描いたような美男子なので、二人とも、キャピキャピしていた。

それを見送り、大島ちゃんは続ける。

「真白をいじめたガキどもは、そのときは親や先公たちに叱られたよ。だけど、それだけだ。真白の自殺と、真白が教育実習の期間に生徒のいじめを受けたこととの関連性は、だぁれも問わなかった。そもそも、そんなことはだれも気付きもしなかった。ガキどもは全員無事に高校に進学して、真人間になったヤツもいれば、不良のままのヤツもいる。だれも、真白が自分たちのせいで死んだことも知らねえよ」

「そんなあ……」

「真白だって、連中に祟ってやる気はなかった。都市伝説になって囃《はや》し立《た》てられることで調子に乗り、人畜無害なおまえたちに八つ当たりして満足していた。だから、腹の底はどうあれ、成仏できてめでたいんじゃないのかねえ」

　大島ちゃん自身も、まったく納得していない口ぶりだ。

「そんなもんさ」

大島ちゃんの大きな手で肩をたたかれ、わたしと海彦くんは地下室から出る階段をのぼった。

＊

その夜、わたしは抜き足差し足で自宅に帰り、家族に気付かれないように自分の布団にもぐりこんだ。寝不足だったけど、よく朝はいつもどおり（といっても、夏休みだからずいぶん遅く）起きて、海彦くんから届いたメールを読んだ。海彦くんも、わたしと似たり寄ったりのごまかし方をしたみたいだ。そして、夏休み中に、いっしょに海に行く約束をした。

マシロさんにまつわる事件は、こんな具合に終わった。

それから、二学期の話だからまだ先だけど、クラスの人間模様にちょっとした変化が起きることになる。小田さんと尾崎さんが、仲良しになってしまったのだ。どういうこと、と首をかしげたいよね。わたしも、おどろいたもの。

ともあれ、小田さんが尾崎さん率いるグループに入ったわけではなく、尾崎さんが小田さんとともにつまはじきにされたのでもない。尾崎さんは自分の派閥を抜け、小田さんといっしょに居るようになった。ふたりは、つまり、親友になっちゃったわけだ。

わたしと海彦くんが、狭い地下室に辿り着いて真白先生と対決していたとき、彼女たちにはまた別のドラマがあったのかもしれない。

第四話　幻想モカロール

1　登天郵便局にて

盆と正月がいっしょに来たら、ことわざになるほど忙しい。

どっちか片方だけでも、世の中は充分に忙しい。お盆は、地獄の釜の蓋が開く日。つまり、地獄に居る亡者が、この世に帰って来るのだ。

無限に広がる裏庭の手入れにかかりっきりの赤井局長は、今年のお盆はちょっと気合いが入っている。

「お盆だ、お盆だ」

「ちょっと、なに？　今年だけどうしたってのよ」

赤井局長は亡き人の通る道をどこまでもどこまでも提灯で飾り、局舎に花を飾り、線香を焚き、お経のＣＤをかけ、地域の特産品を局舎に並べる。地域の特産品は、送り盆の際の、この世みやげだ。定番のお菓子から、つくだ煮のセット、漬物の真空パック、懐メロのCD、DVD、携帯音楽プレーヤー、タブレットパソコン、腕時計、化粧品、食器セットなどもある。

「せまいわ、せまいわ、せまいわ！　うるさい、うるさい！　線香がけむーい！」

青木さんが悲鳴をあげるのも、無理からぬことではある。元より不平不満の多い人だが、赤井局長も限度ということを知らないからだ。狭いロビーにはお葬式もかくやとばかりに花輪を飾り、並べた特産品たるやデパ地下と量販店を足して二で割らないかのごとく、流すお経は『般若心経《はんにゃしんぎょう》』、『観音経《かんのんぎょう》』、『阿弥陀経《あみだきょう》』、それに『御詠歌《ごえいか》』を全部同時に……。

こうした張り切りように、登天郵便局の常連さんたちは生者も死者も、お盆の間は局舎に近付かないようにしているようだ。だけど、そうとわかって赤井局長が悲しむと悪いので、外の風に当たりたいとか、今年の向日葵《ひまわり》はひときわきれいだとか、セミの声が聞きたいとか、理由になるようなならないようなことをいって、無限の裏庭をうろついては用も足さずに帰って行く。

そんなお客さんたちの背中を見送りながら、登天さんは愛用の鼎で焚火をしていた。

出されなかった手紙を持って、古風ないでたちの郵便配達夫が山道をのぼってきたのは、ひるさがり。熱い風が凪《な》いで、雲が空で静止している。この世の何もかも、あの世の何もかもが、お盆休みをとったようなひとときだった。

「ゆうびーん」

真夏に黒い三角帽子、黒い詰襟の制服は、さぞや暑かろうに、郵便配達夫は無駄口ひとついわずに、封筒を一つ置いてとぼとぼと帰って行く。

「相変わらず、愛想がないわねえ」

青木さんは受け取った封筒を線香にけぶる窓の光にかざして、ふんと鼻を鳴らした。白い封筒に、細い万年筆の文字で「三上冬美《みかみふゆみ》様」と記されていた。美しい文字だ。差出人は「田浦《たうら》レミ」とある。双方、住所は書かれていなかった。初手から、投函するつもりはなかったのかもしれない。だとしたら、書かれた時点で幽霊便だ。局舎に充満した線香の煙の中から、柑橘《かんきつ》系のかおりがひとすじ、鼻をくすぐった。それは、受け取った幽霊便のかおりだった。

「ずいぶん、エレガントじゃないのさ。ふん」

青木さんは局舎を出て登天さんの焚火のそばまで行くと、白い手紙を火の中に投じた。

するると、手紙は大量の黒煙を上げだした。柑橘系の香水のかおりは、どこへやら。黒煙と化した幽霊便は、強烈な悪臭を放ち始めた。にごった川底の、ヘドロみたいなにおいだ。

「くさい、くさくさくさくさ！」

青木さんは両手で鼻をおさえ、はなづまりの声で悲鳴を上げる。たいがいのことには動じない登天さんも、さすがに小さな手のひらをぱたぱたさせて、顔をそむけた。

悪臭芬々《ふんぷん》たる黒煙は、文字になって風のない中空に浮かび上がる。

三上冬美さま

あなたの名前を文字にするのもいやだけど、胸の内を吐き出してしまわなけりゃ、パンクしそうだからこうして手紙に書きます。もっとも、あなたにたたきつけてやる度胸もないのだけど。きらいな人にきらい、腹が立つことを腹が立つと、伝えられないのが大人なのよね。大人って馬鹿みたい。あなたのような、性根のくさったヘドロみたいな女が、ちやほやされるのが大人の世界。わたしが、まだ子どもだったら、あなたのことを、大きらいだと面と向かっていってやるのに。

あなたがミス宝船にえらばれたのは、どう考えても、不正がありました。だって、だれが見たって、わたしの方があなたより美人で品があって、おまけに賢そうじゃないの。

あなた、審査員を手なずけるのに、何をしたの？　お金を渡した？　それとも、体を渡した？　恥知らずで、とことん汚いあなたのことだから、どっちもありそうよね。そんな方法でミスの座を勝ち取って、満足なわけ？　本当にあなたって人は、つくづく、最低な女だわ。

わたしは、準ミスに甘んじたけど、この不正は必ず正してやる。あなたに、身の程ってものを思い知らせてやるわ。今に見ているがいい、お美しいミスさま（笑）

田浦レミ

読み終わったとたん、南風が吹いて黒煙を流し去った。

青木さんは「あらまあ、大変ねえ」といって、鼎の中を覗《のぞ》き込《こ》む。登天さんはよくこの火で焼き芋を焼いているのだが、今の悪臭の中に芋を入れていたら、とうてい食べられないと思ったのだ。

「今日は暑いので、焼き芋は焼いてませんでした」

「それは、良かったわ」

「あとで、かき氷をいただきたいと思います。イチゴシロップに練乳をかけて、イチゴミルクです」

登天さんは煙の文字が完全に消えた空に顔を向けて、古い歌を吟じた。

「人はいさ心も知らずふるさとは花ぞ昔の香ににほひける」

「ふうん。風流ねえ。でも、さっきの悪臭には、花の香も台無しにされちゃったわよ」

そういうそばから、裏庭のユリの強いかおりが流れてくる。

「ふるさとに帰って来られる仏さまが、心安らかでありますように」

登天さんはそういって、合掌した。

2　真理子さんのシンパシー

表通りのしまへい電器店の若旦那が、オーブンレンジを運んで来た。

あっちもこっちも昭和のままで止まってしまった感があるたそがれ探偵社に、新しい家電が導入されるなんて、一大イベントだ。

スタッフ一同――探偵長の大島ちゃん、秘書の真理子さん、そしてなぜか居るわたし・楠本ユカリは、うやうやしく若旦那を迎えた。

「とびらを開けると、電源が自動的に入りますから」

「おおお～」

「いろんなお料理のメニューを、ボタンで選択できます」

「おおおお～」

「お餅は焼けませんからね。ヒーターが遠すぎてね」

「あらあ～」

若旦那が帰ると、大島ちゃんはコンビニで買って来た中華丼を、さっそく温め始めた。わたしはサンドイッチだから、温めるわけにいかない。失敗した。真理子さんは、ケーキを作るといって、材料を並べ始める。

「どんなケーキを作るんです？」

「モカロールよ……」

「なんで、モカロールなんです？」

どちらかというと、チーズケーキの方が好きなんだけど。そこは、わたしももう中学生だから、口には出さずに「わーい、楽しみ！」と喜んでみせた。

真理子さんは、材料のインスタントコーヒーの瓶を両手で抱えて、可愛らしく目をぱちぱちさせた。

「雑誌の占いに出ていたのよ……。モカロールをうまく作れたら、運命の人に出会えるって……」

「ほほう」

さてさて。モカロールは美味しそうにできあがり、真理子さんは白いお皿にのせて、わたしたちに振る舞ってくれた。

「おお、真理子、意外な特技あるのな」

「美人な上に、お菓子まで作れるなんて、尊敬するよね」

お子ちゃま味覚のわたしたちは、上機嫌で真理子さんを褒め、真理子さんはもじもじとからだをひねって喜んだ。

しかし、である。

わたしたちの期待は、モカロールを一口食べた瞬間、がらがらと崩れ去ったのだった。

……苦くて、まずい……。

コーヒーを入れすぎ。お砂糖が少なすぎ。それになぜか酸っぱいのだ。スポンジ生地に、ジャムと間違えて練り梅を塗ったらしい。なぜ！

こうして、真理子さんが恋愛成就をかけた渾身《こんしん》のモカロールは、実に残念なできばえとなってしまったのだった。

探偵社にお客さんが来たのは、一口以上食べられないケーキを見て、わたしたちが嘆いていたときだった。真理子さんは意外と無責任で「てへ？」とかいって、ごまかすと、小指を立てた両手を振りながら、お客さんを迎えに出た。

「ごめんください……」

すりガラスをはめたドアの向こうに立っていた人は、どことなく真理子さんに似た感じの人だった。失敗を「てへ？」とごまかすお茶目な真理子さんではなく、このたそがれ探偵社に登場したときのような、いたたまれない面持ちだった暗い真理子さんに似ている。

何より、語尾に「……」が付くのが、まるで真理子さんのモノマネでもしているみたいだ。華奢で、目鼻立ちがすっきりとした美人で、どこかなぞめいて、長い髪がきれいで、小さめの足にヘップサンダルをはいていた。

驚いたのは、真理子さんに似た彼女が、怪我をしていたことだ。ひざからふくらはぎにかけて土が付いて、赤く痣になっている。ちいさな子どもがよくするみたいに、ひざ頭に派手な擦り傷ができて血が流れていた。

「大変……」と、真理子さん。

「怪我してるじゃん！」

わたしたちはびっくりして、彼女を事務所のソファに座らせた。大島ちゃんが、ロッカーの上の救急箱を持って来て、消毒薬の使用期限を確かめる。

「どうしたんですか？」

訊くと、彼女は大きな目をうるませた。

「歩道橋から……落ちたんです……」

そういったら、両方の目から涙がほろほろこぼれた。

「本当いうと、落とされたんです……」

彼女はそう付け足し、わたしたちは三者三様に憤慨した。

「ひどい……いったいだれが……」

「犯罪じゃねーかよ。警察行った方がいいぞ」

「つーか、大島ちゃん、犯人捕まえてボコボコにしてやって！」

「…………」

彼女は白いハンカチでしきりに涙を拭き、消え入りそうな声で自分の名前をいった。

「三上冬美といいます……」

「冬美さん……。お茶でも飲んで、気持ちを落ち着けてね……」

真理子さんは無謀にも、いつもよりお砂糖たっぷりコーヒーに、大失敗作のモカロールを添えて冬美さんの前に出した。

「真理子、そんな危険物を、お客に出すな」

「そうだよ。そんなの食べたらお腹をこわすよ！」

「失礼な……」

真理子さんは、自分の非を認めない。驚いたことに、冬美さんはしょっぱくて、すっぱくて、苦いモカロールを一口食べて「美味しい……」といった。

「歩道橋から落ちたショックで、脳の味覚野に傷がついたんじゃねーのか？」

「そうだよ。早く病院に行って検査を受けた方がいいよ」

「失礼な……」

わたしたちが騒ぐわきで、冬美さんは不味《まず》いケーキを平らげ、お砂糖たっぷりのコーヒーを飲み干した。

「ふう……」

失敗モカロールはともかく、コーヒーの糖分のおかげで気持ちが落ち着いたのだろう。冬美さんは、小さな息をつき、斜め掛けにした黒いビーズのバッグを引き寄せた。がま口タイプのフックを開けると、小さくたたんだ紙を取り出す。

すっかり世話焼きになった真理子さんが受け取って、折り目を一同の前に開いた。


命が惜しかったら、佃陽一《つくだよういち》と別れろ。

なんと、新聞の文字を切り抜いて、そんな文章がつづられている。筆跡を隠すならパソコンで足りる時代に、ちょっとしたなつかしさを醸し出していた。同時に、そういう常識を無視したところが不気味といえば、不気味だ。

「脅迫状？」と、わたし。

「自宅の郵便受けに、直接入れてあったんです……」と、冬美さん。

「佃陽一ってだれ……」と、真理子さん
「同じ職場の営業担当で……」と、冬美さん。

冬美さんは、この脅迫状がいたずらなのか、本気なのか、だれのしわざかを調べてもらおうと、たそがれ探偵社に来る途中で、歩道橋から突き落とされたのだという。

「犯人は、この脅迫状の差出人でしょう！」と、わたし。

「脅かしておいて、実力行使に出るなんて……。犯人は本気だわ……」と、真理子さん。

「待て、待て、待て、待て、待て」

大島ちゃんが慌てて、両手を振ってみせた。

「待てよ。うちは、そういう〝普通〟の案件は扱わないんだよ。お嬢さん、悪いけど〝普通〟の調査会社に行ってくんねーか？」

「大島ちゃんったら！」

わたしは憤慨して大声を出した。

「冬美さんは、怪我までしてうちに来たんだよ。不味いケーキを食べさせて追い払うなんて、ひどいよ！」

「ケーキは不味くないけど……」

真理子さんも、煮え切らない口調ながら怒っている。ひょっとしたら、ケーキをくさされて、怒っているのかもしれないけど。

「困っている人を見放すなんて、男らしくないですよ……。だったら、大島さん、女らしいってことになりますけど……」

真理子さんのロジックは、どうもよくわからない。

大島ちゃんは、足を投げ出すようにして組むと、ソファにふんぞりかえった。

「わーったよ。うっせー女たちだぜ」

大島ちゃんがようやく前向きになったタイミングで、入口のドアが乱暴に蹴り開けられた。

「大島、ちょっと署まで来てもらおうか」

乱暴者の村山刑事だ。警察とたそがれ探偵社の関係は、どうなっているんだろう。

村山刑事は前回と同じく無法にふるまい、大島ちゃんをどつきながら連れて行ってしまった。

そんな邪魔が入ったので、この日の冬美さんの訪問は強制終了となる。

3　ミスコン受難

大島ちゃんといっしょに、日曜のカフェで朝食を食べた。

「いいよ。来たいなら来いよ」

ガキんちょは家でアニメでも観てろ、とかいわれると思ったのに、案外とあっさり同行を許可された。あとでわかったことなんだけど、わたしを連れて歩くと、諸経費はお祖母さまが支払うという約束になっていたらしい。大島ちゃん、素寒貧の元幽霊とはいえ、なんというセコさだ。

子連れ探偵の大島ちゃんは、待ち合わせした冬美さんの同僚に「お子さんですか?」と、わたしを指していわれた。

「まさか」と、大島ちゃん。

「そうなんです」わたしは、うきうきとメニューを見ながらいった。

「コギャル、殺すぞ」と、声を押し殺した大島ちゃん。

「パパ、照れなくていいのよ」わたしは、冬美さんの同僚に、上手な作り笑いを向けた。

ウェイトレスが来て、一同に笑顔をくれる。

「わたし、パンケーキセット。飲み物は、ピーチスムージーで」

「おれ、ステーキサンド。一番高そうだから。それから、高い方のオレンジジュース。ブラッドオレンジっつーの」

　こっちがスポンサーだからって、大島ちゃんはセコいことをいう。

「ところで、おたくは何を頼みます」

「アイスコーヒーを」

「かしこまりました」

　ウェイトレスが去ると、大島ちゃんは珍しくメモ帳なんか取り出した。

「じゃ、三上冬美さんのこと、教えてもらえますかね」

　冬美さんは、大手総合商社の支店に勤めるＯＬだった。

　冬美さんの同僚は、メタルフレームの眼鏡をかけた、仕事のできそうな女の人だ。名前は佐伯真菜《さえきまな》さん。休日だというのに、白いブラウスに濃いグレーのタイトスカートをはいていた。今すぐ職場の会議なんかに出席しても、違和感のないいでたちだ。こういう口の堅そうな人に訊き込みしても、何もしゃべってもらえないような気がする。

　ところが、佐伯さんはアイスコーヒー一杯で、あっさりと口を割った。

「三上冬美さんね、会社でずいぶんといやがらせを受けているみたいですよ」

「いやがらせをしている相手は、わかりますか？」

「ふーん」

佐伯さんは鼻から息をはいて、考え深げに、かぶりを振った。

「それが、わからないんですけどねえ――」

といいながら、何かをとってもいいたそうにしている。大島ちゃんが無邪気な笑顔で、てのひらを上向けて「どーぞ、どーぞ」というようなゼスチャーをした。二十代後半に見える佐伯さんは、意外とおしゃべり好きなおばちゃんみたいに、目を輝かせ、声のトーンを落とす。

「あんないやがらせするなんて、かなりえげつない人ですよ」

ロッカーに入れていた上履きのサンダルをズタズタにされたり、私物のマグカップにゴキブリの死骸を入れられたり、新しく買ったマグカップを割られたり、ロッカーの中の私物を荒らされたり（そのときは自宅の鍵がなくなり、翌朝になってオフィスのゴミ箱から発見された）、残業して作った書類を破り捨てられたり、机の上に置いていたファイルを隠されたり、帰り道にクルマに轢《ひ》かれそうになったり。

「えー」

わたしは非難の声を上げた。

「今回の歩道橋から突き飛ばされたのだって、下手したら大怪我だよ。マグカップのゴキブリもイヤだけど、クルマに轢かれかけるなんてシャレになんない」

わたしがいうと、佐伯さんは眼鏡の奥で目付きを険しくした。

「歩道橋から突き飛ばされた？」

「はい、うちの探偵社に来る途中で」

わたしは、勝手にべらべらしゃべっている。

だけど、それが佐伯さんの気持ちを動かしたみたいだった。

「田浦さんっていう人が居るのよね」

「田浦、さん」

大島ちゃんが、火のついていない煙草《たばこ》をくわえて、もぐもぐ訊いた。

「田浦レミさん。三上さんと同期なんだけど――」

ちなみに、佐伯さんは冬美さん田浦さんの二年先輩だそうだ。冬美さんも、田浦さんも、佐伯さんに対しては先輩として素直に接しているらしい。だけど、〝冬美さんの敵〟を〝えげつない人〟といったとおり、その疑惑を向けている田浦さんに対して、佐伯さんはひそかに反感を持っていた。それは、つまり、冬美さんへの同情が理由だったみたいだ。

「田浦さんは入社当時から、三上さんに異常なライバル意識を持っていましたね」

「異常、ですか」

「あれは、異常ですよ」

佐伯さんは、アイスコーヒーを「ずずっ」と飲む。

「地元のミス宝船コンテストというのを、ご存知ですか？」

「はい。毎年、五月に募集してますよね。美女が五月病をふっ飛ばす、ていうヤツ」

宝船市の商工会議所が主催するミスコンテストで、美女ってのはおしとやかだろうから、何ものもふっ飛ばさないと思うけど、そんなキャッチコピーで毎年続いている。ミスと準ミスは、地元振興のイベントで、一年間にわたって象徴的な役割を果たす。いってみれば、地元きっての美女というわけだ。

「今年のミス宝船が、三上さんだってのもご存知？」

「えー」

「マジっすかー」

わたしと大島ちゃんは素直に驚き、「美人だもんね」といってうなずき合った。

「会社で、三上冬美さんを推薦したのよね。そうしたら、田浦さんはムキになって、自分でも立候補したんです。結局、三上さんはミス宝船に、田浦さんも準ミスに選ばれたわ」

「準ミスだってすごいっすよねえ。充分じゃないっすか」

大島ちゃんが煙草に火をつけたら、さっきのウェイトレスが飛んできて禁煙だといわれた。わたしは大島ちゃんから煙草のパッケージと使い捨てライターをひったくると、ウェイトレスに差し出す。彼女は困った顔をして立ち去った。

「実は、ただの対抗意識だけじゃなくてね」

今年になって配属された、佃陽一という男性社員をめぐって、田浦さんと冬美さんは火花を散らしている。というか、冬美さんは元気が足りない人だから、火花を散らすこともないのだけど、田浦さんは頭に血がのぼっているらしい。

「佃――陽一」

――命が惜しかったら、佃陽一と別れろ。

冬美さんの郵便受けに入れられていた、脅迫状の中に登場していた名前だ。

わたしは、ぽんとこぶしを打った。

「田浦レミさんは、冬美さんに対抗意識を燃やしていて、さらには佃陽一さんをめぐって対立している。だったら、冬美さんに脅迫状を送ったのも、田浦レミさんで決定でしょ！」

「彼女、脅迫状まで送ったの？　いやだ、あきれた」

「こら、コギャル。おまえ、ぺらぺら、しゃべりすぎだぞ」

「あれ？　まずかった？　ごめーん」

わたしは佐伯さんに目くばせして、人差し指を口の前に置いた。

「すみません、今の内緒で」

「わかったわ、内緒ね」

佐伯さんはわたしに合わせて、声をひそめる。

「佃くんは契約社員だから、基本的にはトラブルを避けたがっているのよ。だけど、彼が三上さんに気があるってのは、支店内じゃ知らない人は居ませんね。そんな佃くんのことを田浦さんが好きだっていうのも、もう公然の秘密なのよね」

「はあ」

わたしは、太い息をつく。

「つまり、サンダルを引き裂いたのも、マグカップにゴキブリを入れたのも、田浦さんのしわざ？」

「だけど、クルマで轢こうとしたのは、ちがうと思うわよ」

「なんで？」

わたしたちは、目をぱちくりさせた。大島ちゃんは、禁煙パイプを口にくわえた。

「だって、田浦さんは運転免許がないもの」

「田浦さんより、もっと過激なアンチが居るってことですか？　いやー、美女に生まれるって怖すぎ」

「それに――」

いいかけた佐伯さんが急に黙ったので、わたしたちは思わずひざを乗り出した。

「それに？」

「いや、いいわ。これは、ちょっとマズイって感じかな」

佐伯さんがためらうので、わたしと大島ちゃんは椅子に腰かけたまま、そろって足踏みをした。

「最後まで聞かないと、気持ち悪いですよー」

「でもー」

「わたしだって、ぺらぺらしゃべったじゃないですかー。佐伯さんも、ぺらぺらっといっちゃいましょうよー」

「そうねえ」

佐伯さんはアイスコーヒーをすする。わたしも思わず、目の前のピーチスムージーをズズッと飲み込んだ。

「ここだけの話よ。部長が、職権乱用して、三上さんのことをものにしようとしているらしいのよね」

「なんつー、破廉恥漢！　こんな話、子どもに聞かせらんねー」

大島ちゃんはわたしの耳をふさいで、大声を立てた。店内に居たほかのお客さんと店員が、そろってこちらを見た。もちろん、わたしの耳にもガンガン聞こえた。

「そのスケベ野郎の名前は、なんてんです？」

「猪村忠良《いむらただよし》」

佐伯さんは、よく聞こえるヒソヒソ声でいう。

大島ちゃんは、ステーキサンドをほおばった。

「そういう男って許せねえよな」

「まったくだ」

わたしは義憤に燃えて、パンケーキをもりもり食べた。それにしても、冬美さんという人は、真理子さんと同類項だなあと思う。あたまの中にベン図が浮かんで、冬美さんと真理子さんの顔が同じ円の中で困った顔をしていた……。

＊

注文がアイスコーヒーだけだった佐伯さんは、話が終わると一人で帰っていった。

わたしと大島ちゃんは、それぞれの朝食を食べながら、佐伯さんに聞いたことをかみしめていた。

「冬美さんってさあ、ボディガードが要るんじゃない？」

「だれが、やんの？」

「大島ちゃんに決まってんじゃん」

「そんな危ねーこと、出来るかよ」

「村山刑事にド突かれている方が、よっぽど危ないと思うけど」

そんな話をしていたら、大島ちゃんのスマホが鳴った。かえすがえすも、大島ちゃんは少し前までは幽霊だった人で、戸籍はどことも知らない不思議な役所で管理されていて、運転免許があるのも不思議だけど、携帯電話の契約ができているのもまた不思議だ。

そんな不思議な電話に掛けてきたのは、冬美さんだった。

大島ちゃんがスピーカーホンにしてくれたおかげで、わたしも聞くことができた。

冬美さんは、泣いていた。

「どうしたんだよ？」

「大丈夫？」

「あたし、怖くて……腹が立って……でも、怖くて……、でも、腹が立って……」

それから、冬美さんは語尾に「……」を付けて、マシンガンのように話しはじめた。

今日、冬美さんは休日出勤した。朝起きて、部屋がいつもとちがうような気がしていたけど、半分寝ぼけていたので、そのまま会社に向かった。月曜日の会議に使う資料を作って、終わったら早々に帰って来るつもりだった。どうしても、仕上げなくてはならない仕事だったのだ。

会社に着いて、警備員室のわきにある裏口から入った。

オフィスに入り、自分の席に近付いたとき、冬美さんは自宅がいつもと変わっていた理由がわかった。子どものころから大事にしてきたピエロの人形が、なくなっていたのだ。人形は、会社の机の上に投げ出されていた。それは、八つ裂きにされて、顔にナイフが突き刺さっていた。

冬美さんは悲鳴を上げた。

だれかが冬美さんの自宅に忍び込んで、人形を盗み出し、ずたずたにして、冬美さん一人が休日出勤する会社の机の上に放置したのだ。

人形への仕打ちは、冬美さんにも同じことができるという予告ではないか。

冬美さんは、そう悟った。

こんなことをしでかす〝だれか〟は、易々《やすやす》と冬美さんの家にまで忍び込んでみせた。それは、部屋でくつろいでいるとき？　入浴しているとき？　眠っているとき？　無防備な自分が気付かないうちに、真っ黒な情熱を抱えた〝だれか〟がそばに居たということだ。そう思うと、体の震えが止まらなくなった。

もう会議の資料どころではない。走って帰ろうとしたとき、上司がオフィスに入って来た。部長の猪村だ。

――どうしたんだ？

半べそでパニック状態の冬美さんの様子に驚いて、猪村は近付いて来た。

この人は、はっきりいってセクハラ上司である。

しかし、この猟奇的な脅しに比べたら、セクハラの方がまだマシだと思った。

冬美さんは、猪村部長に八つ裂きにされた人形を見せ、それが自宅から盗まれたものだと説明した。話すうちにも、わなわなという震えは止まらなかった。

——可哀想《かわいそう》に。

そういった猪村部長は、だしぬけに冬美さんに抱き着いてきた。

ブラウスの襟を引き裂かれ、机に押し倒されそうになった。

冬美さんはさっきの三倍くらい大きな悲鳴を上げ、部長を突き飛ばして逃げた。

——ちがうんだ！　これは、誤解だ！　三上くん、きみは勘ちがいしているぞ！

つじつまの合わないことをいって追いかけてくる猪村部長は、警備員に止められて、逆ギレしていたようだ。冬美さんはそのまま走って逃げだして、今、宝船駅前に居るという。

「ともかく、合流しましょう。わたしたち、津々浦《つつうら》駅の近くなので、二十分後にそちらに行きます」

わたしがそういうと、冬美さんはしゃくりあげながら、二十分も待てないといった。

「わかった。十分後に津々浦駅のホームで待ち合わせしよう」

大島ちゃんの提案に、冬美さんは蚊の泣くような声で「はい……」といった。

通話を終えて会計を済ませると、わたしたちは徒歩十分の津々浦駅までの道を急いだ。

大島ちゃんはつま先のとがったエナメル靴で、すたこら走る。これが、やけに速いんだ。大島ちゃんよりずっと若い中学生のわたしは、追いかけるだけで精一杯だ。

津々浦駅はたった一本だけあるホームの左右が、上り線と下り線の線路になっている。住宅街の真ん中にある駅だけど、通勤通学時間以外もわりと混んでいる。わたしたちがホームに着いたとき、冬美さんを乗せた下り電車がちょうど入って来たところだった。まもなく上り電車が来るというアナウンスが流れている。

冬美さんはわたしたちの姿を見て、急いでこっちに来ようとする。

その後ろから、この暑いさなかに、黒いタートルネックに黒いキャップをかぶった、死神みたいな男が出てきた。ホームは乗降客で混雑し、冬美さんは上り側の通路を駆けてくる。

上り列車が近づき、近くの踏切《ふみきり》の音が聞こえる。

そのとき、黒ずくめの死神みたいな男が、冬美さんを突き飛ばした。

「――――――！」

乗降客と冬美さんと、わたしたちの悲鳴が同時に響いた。

冬美さんはホームからは落ちなかったけど、みごとに転んで、上半身を線路側にはみださせる。

今しも電車はホームに入ってくるところだ。

冬美さんは起き上がれず、周囲の人たちはうろたえたり、手を貸そうとしたりで、大混乱となった。そんな人たちの頭を飛び越えるようにして、わたしは冬美さんのそばに直行すると、冬美さんの腕を力の限り引っ張った。

ごうっと、音を立てて電車が到着する。

一秒の何分の一かの際どさで、冬美さんは白線の内側に引っ張り上げられた。

助けようとした人たちも、フリーズしていた人たちも、悲鳴みたいな安堵《あんど》の声を上げた。

そのただ中を、冬美さんを突き飛ばした死神男が逃げる。

「待て、こんにゃろー！」

大島ちゃんが、叫んで階段を駆け上がる。

わたしは、冬美さんを引きずるみたいにして後を追った。

「待って……」

「待ちません！　やられっぱなしで、いいんですか？　ぶん殴ってやんなくて、いいんですか?」

「よくないです……」

改札を抜けて、階段を降りる。

大島ちゃんの前を行く死神男は、駐輪場を右に折れて、保育園のフェンスに沿って全力疾走している。その背中に、大島ちゃんがダイブした。

一瞬、死神男は背中に大島ちゃんを乗せた格好で宙に浮いたように見えた。

次の瞬間、どさーっとくずおれる。

わたしと冬美さんは追いつき、わたしは組み伏す二人の前に回って、死神男の顔をぐいっともたげさせた。それは、思いがけないくらいの好青年だった。賢そうでイケメンで性格の温和そうな若い男だったのだ。

「佃くん……?」

冬美さんがいった。

——命が惜しかったら、佃陽一と別れろ。

脅迫状に名をつづられていた、あの三角関係の佃陽一氏だったのである。

4　たかが恋、されど恋

佃陽一のポケットには、冬美さんの住むマンションの合鍵が入っていた。

以前、会社で冬美さんのロッカーが荒らされたとき、鍵をなくした。その犯人は佃で、鍵を盗んだのはスペアキーを作るのが目的だった。

冬美さんの郵便受けに脅迫状を入れたのも、冬美さんの人形を盗み出してズタズタにしたのも、歩道橋から突き飛ばしたのも、クルマで轢こうとしたのも、佃の仕業だった。――マグカップにゴキブリを入れたり、サンダルを引き裂いたのは、田浦さんのしたことらしい。

「なんでよ。あんた、冬美さんのこと好きなんでしょ？　あんた、好きな人にそういうことするのが趣味なの？　変態なの？」

「ちがう――ちがう――好きなのは本当だけど、仕方なかったんだ。ぼくは、頼まれたんだ。ていうか、強制されたんだ」

「はあああ？」

わたしと大島ちゃんは、顔をひん曲げて抗議の意思表示をした。

「全部、猪村部長の指図だったんだ。じゃなきゃ、雇用契約を更新しないといわれたんだよ」

つまり、こうだ。

猪村部長は、冬美さんに邪悪な恋心を抱いていた。

冬美さんと佃陽一が良さげな仲だということに嫉妬し、別れさせようとした。

それでは満足せず、冬美さんを脅して、弱ったところを自分が助けるという、自作自演の芝居を思いついた。仕事の契約更新をエサにして、佃を悪役にしたてようというのだから、図々しいったらありゃしない。

佃陽一は、猪村部長に比べて現実的だった――というべきかどうかはわからないけど、この悪だくみに加担するほうを選んだ。契約を更新してもらいたかったからだ。

「馬鹿なおっさんだ」

「まったくよ」

「ですよね」

「おめーがいうなよ」

今日、冬美さん一人を休日出勤するように仕組んだのも、猪村部長のたくらみだ。あらかじめ、佃に冬美さんのロッカーを荒らさせて鍵を盗ませ合鍵を作り、マンションに忍び込ませて人形を盗ませ、ずたずたにして冬美さんを脅し、怖がっている頃合いを見て登場、彼女に対して包容力のあるおじさまを演じる気だったらしい。

――わたしが居るから大丈夫だよ、三上くん。

――頼りになる部長って、すてき……。

――どうだい、これから二人でちょっと休憩でもしないかい。

——ええ……（コクン）。

というシチュエーションを期待しての愚行だったようだ。アホかー。

恋に恋する猪村部長は、クルマで轢こうとした後も、歩道橋から突き落とした後も、電車のホームから突き飛ばした後も、同様のフォローをもくろんでいたという。アホかー。

「立てよ」

大島ちゃんが、佃陽一の手を引っ張って立ち上がらせた。

つかつかと進み出たのは、冬美さんである。

冬美さんは華奢なこぶしをブンッと後ろに引いたかと思うと、その勢いで佃の顔面をぶっ飛ばした。

＊

たそがれ探偵社には、いつになく甘い香りがただよっている。

真理子さんが、またもやモカロールに挑んでいるのだ。

ホラービデオを観るのにも飽きて久しぶりに宿題をしようとしていたら、冬美さんが訪ねて来た。足の包帯はとれていたけど、右のこぶしをギプスで固めている。

「佃くんをなぐったとき、怪我しちゃって……」

「あれから、どうなった？」

わたしと大島ちゃんと真理子さんは、興味津々、身を乗り出した。

「猪村部長は警察に逮捕されて、会社も解雇されました」

「だよねー。やりすぎだったよねー」

服を乱して逃げる冬美さんを、部長が血相変えて追いかけて行くところが、警備員に見つかっている。冬美さんが自宅に侵入されたことも、脅迫状のことも、轢かれそうになったことも、歩道橋から落とされたことも、ホームで突き飛ばされたことも、実行犯の佃陽一が警察で証言した。

「セクハラ部長の家族は？」

「奥さんと、子どもが三人」

「ひょっとして、離婚するとか？」

「いいえ」

猪村部長の奥さんは、こういったそうだ。

──そんな簡単な許し方はしないわよ。

「怖えー、怖えー。助けて、真理子、おれ、怖えー」

「よしよし……。怖いの怖いの、飛んでけー……」

うちの大人二人は、アホだ。

それはともかく、猪村忠良の将来を想像すると、いい気味というのが半分。残りの半分は、やっぱホラー映画より怖い気がする。

「佃陽一は？」

「あごの骨にひびが入ったそうです」

冬美さんはギプスで固めた自分のこぶしを撫でて、不幸せそうに笑った。

一連の悪事の片棒を担がされた佃陽一は、やっぱり職場の契約更新はされなかった。転職して、田浦レミさんと付き合い始めたそうだ。幸せになった田浦さんは、冬美さんへのいやがらせをやめたそうだ。意地悪ってのは、幸せじゃない人がすることなのかもなあと思う。

「このたびは、本当にありがとうございました……。おかげで、助かりました……」

冬美さんはそういうけど、彼女の幸せに貢献できなかったのは、わたしたちとしては忸怩《じくじ》たる思いだ。最近おぼえたこの〝忸怩〟って言葉、どうしてもなめくじを想像してしまうわたしである。

「では、失礼いたします……」

やっぱり元気のない声でいうと、冬美さんは静かに帰って行った。

入れ違いに来たのが高野紫苑さんで、音もなく立ち去る冬美さんを、職業的な目で見送る。場所が場所だけに、冬美さんが幽霊なのかと疑っているような目つきである。

「皆さん……。お茶にしましょうよ……」

モカロールをお皿にのせて、真理子さんが得意げにやってきた。

前回の失敗のことを思いだして、おそるおそる口に入れたけど、ちゃんと甘くてほどよくコーヒーの香りがして、上々のできばえだ。

「真理子さん、モカロールにこだわるってことは、まだ占いを信じているわけですか？」

モカロールをうまく作れたら運命の相手に出会えるという雑誌の切り抜きを、真理子さんはスチールのキャビネットに貼り付けている。

「運命の人、現れました？」

「うふ……」

真理子さんはテーブルクロスをもみもみして、あやうくそこに載っているコーヒーが落ちかけた。一同が自分のカップを持ち上げても、まだ「うふっ……、うふっ……」と恥じらっている。その形の良い大きな目が、高野さんをちらちら盗み見ていた。

「あら」

大人の恋など未知の世界のことだけど、中学生にまで真理子さんの恋心はわかりやすい。

（真理子さん、高野さんのことが好きなのか）

真理子さんの過去を思い出して、手放しに祝福できないわたしである。

「大島さん、新しい仕事です」

確かにめったにいない美男子だけど、アンドロイドか、大根か、スイカみたいに無感動そうな高野さんは、真理子さんの熱い視線には少しも気付いていないようだ。細くて繊細な指がデザート用のフォークをつまんで、モカロールを口に運ぶ。

ドキドキドキドキ……。

真理子さんの心臓の音が、わたしにまで聞こえた気がした。

「おいしいですね」

モカロールを食べた高野さんの口が、抑揚の少ない、でも耳に心地良い声でそういった。

きゃー……！

真理子さんの歓喜の雄たけびが聞こえた気がした。

わたしが呆気《あっけ》にとられていると、幸福感が噴火した真理子さんは、ヘップサンダルの底を鳴らして事務所を飛び出して行く。エレベーターではなく非常階段を降り、通りに駆け出す真理子さんを窓から見下ろして、わたしは頭をかいた。

「彼女、なにか？」

「ええと」

わたしが真理子さんの度はずれた感情表現を説明できずにいると、大島ちゃんがモカロールを美味そうに食べながらいう。

「いいことがあったみたいだな」

「それは、なにより」

高野さんは、真理子さんが砂糖を入れ忘れたコーヒーを飲んだ。あれだけ惚れっぽい人も珍しいけど、これだけ鈍感な人も珍しいと思う。わたしはあらためて、真理子さんのモカロールを口に入れて味わった。

(たしかに、美味しくできているもんね)

モカロールの占いは、ひとまず大当たりといったところだろうか。

第五話　幻想カンガルー

1　登天郵便局にて

お盆を過ぎたら、空が高くなった。暑さは相変わらずだが、風が乾いている。アブラゼミのたぎるような声に混じって、秋虫が鳴き始めていた。

登天郵便局は開店休業のありさまで、お盆フィーバーから醒《さ》めた赤井局長は、裏庭にデッキチェアを出して朝から何もしないで日光浴をしている。無限に広がる夏の花畑に、ときおり赤井局長のいびきが響いた。そのたびに、鳴く虫たちはびっくりして羽を止め、郵便局の窓ガラスがぴりぴりと振動した。

窓口では青木さんもうたた寝をしている。飲みかけの玄米茶の茶碗《ちゃわん》に蠅《はえ》がとまった。

ズシッ……、ズシッ……、ズシッ……。

地鳴りがする。

それは、この小高い山の藪《やぶ》の中から、山全体を振動させるように近づいてくる。

「あら……」

寝ぼけまなこをこすって、青木さんが顔を上げた。

いつもの郵便配達夫が、今まさに一通の手紙をカウンターに置いたところだった。

「ゆうびーん」

郵便配達夫は、あいかわらずそれだけいうと、とぼとぼと出口に向かう。その一歩ごとに地鳴りが続くので、郵便配達夫は怯えて窓口にもどって来た。

「せっ……拙者の足音があのように……」

「あら、大丈夫よ。あれは、あんたの足音なんかじゃなくってよ。ほら、あんたの足は動いてないけど、音は続いているじゃない」

ズシッ……、ズシッ……。

「い、いかにも、そのようだが――」

自分の足音が山を鳴動させているわけではない。そのことに安堵はしたが、足音は相変わらずやまない。それどころかしだいに大きくなってゆく。それは観音開きのガラス戸の前で止まり、ツキノワグマが局舎へと入って来た。

「ひえ」

郵便配達夫がばたりと倒れ、死んだふりを始めた。

青木さんはカウンターから出て来ると、倒れた郵便配達夫を失礼にもつま先で突いた。

「ちょっと、あんた。死んだふりしなくていいから。あれはクマじゃなくて──」

「鬼塚、参上」

ツキノワグマが──いや、ツキノワグマを担いだ男がいった。アメリカンコミックのヒーローそっくりで、筋骨隆々として首が太く、顔立ちといえば彫の深い男だ。その筋肉をさらに強調して見せるように、からだにぴったりの真っ青なコスチュームを身に着けていた。

「あら、鬼塚クン。今日はバーベキューね」

「夏の疲れが出る時期だ。滋養のあるものを摂《と》って、秋の狩りにそなえるのだ」

「か……狩り？」

「鬼塚クンはクマ狩り名人なのよ。素手でクマをキュッとね、仕留めちゃうのよね。あんたも、たまにはいっしょにバーベキューどう？」

「拙者は、ももんじは食さぬ！」

郵便配達夫は、すでにカウンターに置いた手紙を指さし「ゆうびーん、ゆうびーん」と繰り返してから、そそくさと去った。

「あの人って、いったいどこから来るのかしらねえ」

青木さんはガラス戸越しに郵便配達夫の後ろ姿を見送りながらいう。

「それをいうなら、われわれとて同じだろう」

「ま、そうだけどね」

今日の幽霊便は、白地に黒猫と赤いリンゴがデザインされた、コケティッシュなものだった。ほんのりと、バニラのかおりがする。青木さんは、それをいつもと同じように、庭先の登天さんのもとへと届けた。

「夏のすずみは両国の、出舟入り舟やかた舟、あがる流星、星下り、玉屋が取り持つ縁かいな」

登天さんは、古めかしい唄を歌っていた。

モンシロチョウが、その頭にとまる。

鼎の焚火は、いつもと同じに、ちょろちょろと気持ちよく燃えていた。

「登天さん、仕事よー。出さなかった手紙が、また届いたわよー」

青木さんがそういって、火に手紙を投じたときである――。

晴天は一瞬にして、不穏な嵐模様となった。空一面のスクリーンを落としたかのように、晩夏の青空は、黒い雲に覆われる。稲光がして、大気を裂くような轟音《ごうおん》が降った。

子どもの歌う『きらきら星』が、耳鳴りのように細く細く響く。それは、焚火の中から聞こえていた。煙は上がらなかった。火は花火のごとく爆《は》ぜて、子どもの歌声は、だんだん大きくなる。

『キャンドルを持って、ワルツを踊ろう。キャンドルの火が消えなければ、願いがかなうよ』

焚火の声は「キャハハハハ」と、はしゃぐように、あざけるように大きくなる。

そして消えた。

その瞬間、黒雲は消えて雷鳴がやんだ。

晩夏の乾いた風に、虫の音がもどっていた。

2　ジイジの苦悩

「おや、ユカリちゃん。今日も来ているのかね」

歴史の教科書に出てくる豊臣秀吉《とよとみひでよし》そっくりのやせたおじいさんに声をかけられた。

たそがれ探偵社が入っている雑居ビルのオーナーだ。

名前は横山節夫《よこやませつお》。本業は材木会社の社長で、最近は輸入家具の販売にも力を入れている。

この街で社長と名のつく人は、たいていはうちのお祖母さまの知り合いだ。お金持ちクラブみたいな集まりがあって、忘年会とか納涼会とかのパーティでは、会員のお金持ちたちが家族を連れて参加する。

横山社長にも、そういう席で出会った。

うちのお祖母さま・楠本タマヱはこの街のドンだから、身内は一人一人チェックされている。楠本家の孫娘が自分の持っているビルに出入りしているなんて、ちょっとおいしい話なのだ。ここで孫娘（つまり、わたし）に好印象を与えておくと、商売がしやすくなるらしい。

だから、横山社長は、わたしが入り浸るたそがれ探偵社に、わたしの好きなホラービデオを差し入れしてくれたりする。フッフッフッ、横山、おぬしも悪よのう。ホラーが苦手な大島ちゃんなんかは、陰ながら不満タラタラだ。だけど、相手が大家さんだから、文句もいえない。大島ちゃん、この世を動かすのは、地位と名誉と金なのよ。真理子さん、この世を動かすのは、愛じゃないのよ……。いや、愛もあるかな。

「ユカリちゃん。『エイリアン』のVHS版を持って来たけど、観るかい」

「観る観る観るー！」

わたしはおおはしゃぎで、横山社長とエレベーターに乗った。

「ジイジは、今日はどうしたの？　家賃のとりたて？」

去年の忘年会で、横山社長が孫にジイジと呼ばれて大喜びしていたから、それ以来わたしもこの人のことを、ジイジ呼ばわりしている。

「実は折り入って大島くんに頼みがあるんだ」

「大島ちゃん、家賃を滞納したの？」

「家賃はまだ一ヵ月しか遅れてないよ」

「やっぱり、滞納してるんだ」

エレベーターが六階で止まり、わたしたちは並んでとびらを出た。

「楠本会長は元気にしているかい？」

「お祖母さまですか？　関節炎と神経痛と高血圧と白内障のほかは元気ですよ。相変わらず、わが家に君臨してます。おかげで、ごはんのおかずは、魚ばっかり」

「楠本会長は、本当に神さまみたいな人だよ」

ジイジのお世辞は、あながちお世辞ばかりではない。お祖母さまの息がかかったたそがれ探偵社は、たぶん百年くらい家賃を滞納しても、催促されないような気がする。

さて、そんなたそがれ探偵社のドアをあけると――。

入口近くに陣取った秘書の真理子さんは、爪にマニキュアを塗っている最中だった。

大島ちゃんは机に両脚を乗っけて、スマホでゲームをしている。

「エヘン。ゴホン。エヘン」

わたしは、コントみたいな咳払いをした。

「ひかえおろう。このお方をどなたと心得る。大家さんだよ」

真理子さんは慌てて赤いマニキュアをこぼし、大島ちゃんは椅子のままひっくり返った。本当にコントみたいだ。

＊

甘いコーヒーを飲みながら、横山ジイジはとっても苦い話をした。

一人息子の幹夫《みきお》が、離婚調停中なのだという。

「息子ももう大人だ。一人前の男が、こうと決めたことに老いぼれが反対を唱えるべきではないと思っている」

「おお」

応接セットで向かい合った大島ちゃんは、感じ入ったというように目でうなずいた。

「親父の鑑《かがみ》だ。おれの親父に聞かせてやりてー」

元幽霊の大島ちゃんは、少年時代に家族と衝突したクチだ。

「しかしねえ。息子が離婚してしまったら、もう孫に会えなくなるだろう」

横山ジイジは、高齢者らしく伸びた白い眉毛を、悲しそうに垂れた。

ジイジの孫娘の名前は、野々花《ののか》ちゃん。幼稚園の年少さんである。煙草がやめられないジイジのために、折り紙とアルミ箔《はく》で灰皿を作ってくれた（もちろん、もったいなくて使えない。死んだらお棺に入れてもらうつもりだ）。似顔絵も描いてくれた（これも、自分が死んだらお棺に入れてもらうことにしている）。お散歩やドライブもねだってくれた。ひな人形をプレゼントしたときの、野々花ちゃんの喜ぶ顔を見たとき、ジイジはこの瞬間が人生で一番幸せだと思った。野々花ちゃんの存在は、地球の百倍も重い。野々花ちゃんに会えなかったら、ジイジは死んじゃうかも。

「そんなもんすかねえ」

大島ちゃんが指でほっぺたを掻いている横で、真理子さんはソファの横にひざをついてしゃがみ、ジイジの手を握った。なんだか、ホステスさんみたいだ。

「お気の毒に……」

美人の真理子さんに同情されて、横山ジイジはちょっとだけデレッとした。

わたしはといえば――。天下御免のお金持ちの家族が居て、それなりにシビアな思いも経験しているから、中学生のわりには家族熱が低いヤツだと思う。そんな中学生の感想としては、しょうがないんじゃないの？　って感じだ。ジイジのいうとおり、息子も大人、奥さんも大人、夫婦が決裂したら孫はどっちかと暮らすよりない。そもそも、ジイジの気持ちより、まだ幼い野々花ちゃんが、親のどちらかを失ってしまうことの方が気の毒だ。話の展開からいくと、さよならする相手はパパの方らしい。

「でも、うちはほら、なんつーの？　ちょっと変わった探偵だし。そもそも、離婚問題を頼むなら、探偵より弁護士じゃないっすか？」

「夢を見たんだよ」

ジイジは大島ちゃんのごく常識的な反応を無視して、その手をガッとつかむ。

「妖精のティンクルが出て来て、わたしにいったんだよ。キャンドルを持ってワルツを踊れ、とな。火を消さずに踊り終えることができたら、どんな願いもかなうといわれた」

「あー」

大島ちゃんは、言葉をなくして煙草に火をつけた。わたしはそれをひったくって、灰皿に押し付けた。そんな二人が考えていることは同じだったと思う。

（ジイジ、もう遠い世界にいっちゃってるわ）

でも、真理子さんは相変わらずホステスみたいにジイジの横に居て、熱心に話を聞いている。

「なんだか、すてきなお話ね……」

ジイジではなく野々花ちゃんがいったのなら、まだすてきだと思えもしたろうよ。

「ところで、その妖精ティンクルって何者なんです？　何かのキャラ？」

「そんなの、じじいのわたしが知るものか」

話し出した本人も知らないのか？

「ここは摩訶不思議なことを扱う探偵社だというじゃないか。さいわい、わたしは社交ダンスの心得があるが、こんな奇妙な頼みはダンス教室のご婦人たちにはお願いできない。だから、どうか、力を貸してもらえまいか」

横山ジイジは、わたしや大島ちゃんではなく、真理子さんを真っすぐに見ていった。

真理子さんは、大きな目をうるませて力強くうなずく。

「ダンスは、得意中の得意よ……」

横山ジイジは、週に二回、ダンス教室でレッスンを受けている。当人いわく、そのレベルは先生と並ぶほどだという。

「すてき……」

「きみは、話がわかる女性だね」

「真理子といいます……」

「おおらかで、優しい名前だ」

ジイジの目には、もはや懐疑的なわたしたちのことなど映っていなかった。魅力的で協力的な真理子さんだけを見つめ、名刺の裏にダンス教室の住所を書いて渡した。

「中央四丁目の富岡《とみおか》ダンススタジオだ。明日の午後四時に来てもらえるかな。待ってるよ」

そこでロウソクを持って踊るのか？

大の大人が二人して。いや、子どもの火遊びはあぶないが。それにしても、妖精ティンクルとやらのお告げを守るというのか？

「また、いらして……」

真理子さんは、横山ジイジをエレベーターまで送って行った。

わたしと大島ちゃんは顔を見合わせる。

「でも、大家さんだしさ。わざわざ相談に来たのに、放置はできないよね」

「めんどくせえな」

大島ちゃんは、わたしがもみ消した煙草を拾い上げると火をつけた。

＊

大島ちゃんが、横山ジイジの息子について調べてきた。ジイジが来たときに尋ねれば済んだのだけど、あのときは妖精ティンクルの話になっちゃったしね。

横山幹夫氏は今年で三十一歳になる。

父親が経営する会社で常務をしていたのに、脱サラしてしまった。そして、お弁当屋を始めたのだそうだ。

横山ジイジは、会社を息子に継がせる気でいたから、親不孝といえば親不孝だ。身内でも他人でも、こんな話を聞いたときは、会社なんてめんどくさいもの作って——と、楠本観光グループの孫娘・ユカリは思ってしまうわけだ。ご先祖さまよ、会社も墓も仏壇も、託される者にとっては重荷になることがあると、自覚してほしい。

それはさておき。

横山ジイジは、なかなかできたお人だった。自分も一代で会社を興して大きくした人だから、息子の起業にも理性と愛情をもって対応した。つまり、祝福する余裕があった。

反対したのは、幹夫氏の奥さんだ。つまり、野々花ちゃんのママ。

彼女にとって、重役夫人の立場は大事だった。将来は社長夫人になるつもりでいた。

それが弁当屋の開業で借金だらけになり、この先も人一倍の苦労が約束されているなんてあんまりだ。奥さん（恭子《きようこ》さんという）にとって、夫の独立は身勝手で理不尽のほか、なにものでもなかったのだ。

しかも、幹夫氏が弁当屋を選んだ理由というのが、ふるっている。いやいや、ふるうどころか、恭子さんにとっては呆れるの一言に尽きた。

——中学生のときに、おふくろが作ってくれた弁当の味が忘れられない。

と、いわれて、かーっと頭に血がのぼったそうだ。

姑《しゅうとめ》は亡くなって、この世には居ない。

だから、マザコンにだけは悩まされないだろうと安心していたのに、これでは究極のマザコンではないか。姑が彼女から家族を奪うのだ。憎ったらしい〜。

恭子さんは、マザコン男がきらいだった。夫婦二人三脚で苦労して——なんてフレーズにもアレルギー反応を起こす。

結論として、恭子さんは夢見るマザコン夫を捨てることにした。実家が裕福なので、離婚しても経済的に追い詰められることがないというのも、彼女が心を決める理由になった。恭子さんの両親も、婿の脱サラをこころよく思わなかったので、背中を押す役割を果たした。

「知ってる。井上《いのうえ》病院の院長令嬢でしょう」

わたしがいうと、大島ちゃんは「へー、そうですかー」とグレた声を出す。

「また、お金持ちネットワークかよ」

「うん。お祖母さまが院長と知り合いなの」

院長とは、恭子さんの父親だ。野々花ちゃんのジイジ2である。

実際のところ、県内のお金持ちの世界は、とてもせまい。だれもがだれもを知っている。だいたいはお祖母さまの知り合いだから、わたしも小さいころから、ひととおりの人からおべっかをいわれたことがある。皆さん、たいていはこういったそうだ。

——丈夫そうな赤ちゃんですねー。

おい！　それは、男の子への誉《ほ》め言葉だろうが！

＊

富岡ダンススタジオは、冷房が利いてひんやりとしていた。

今日は横山ジイジが頼み込んで、貸し切りにしてもらったそうだ。それも当然である。火をつけたキャンドルなんか持って踊ったりしたら、何のおまじないなのかと、皆におもしろがられてしまう。そこで妖精ティンクルが……なんていったりしたら、横山ジイジの今後のダンス生活に支障をきたすだろう。

広さは二十畳間くらいに相当するだろうか。

がらんどうの空間は、しんとして、気持ちが良かった。

横山ジイジは燕尾服《えんびふく》に白い蝶《ちょう》ネクタイなんかして、バッチリきまっていた。真理子さんが着ているのは背中と胸元の開いた赤いドレスで、短い裾が花びらみたいに広がっている。かかとの高い銀色のくつが、華奢な足に似合っていた。でも、これでダンスなんてアクロバティックなことをしてのけるとは、運動靴を常用するわたしとしては、それだけで感心してしまう。

お盆を過ぎて日没が早くなり、西の空はほんのりとオレンジ色になり始めていた。

家並みと電線が、シルエットになって空を横切っている。知らない人たちが、忙しそうな足取りで歩道を行きすぎる。夏も終わるのかと、ふと寂しい気持ちがした。秋が来るまでに、もっと冷やし中華を食べなくちゃと思った。

「じゃあ、おっぱじめっかな」

キャンドルはティーライトという丸いアルミの容器に入ったもので、十五個入り一袋を五百円で真理子さんが買ってきた。裸のローソクなんか持って踊ったら、ロウはこぼれるわ熱いわでちょっと問題だろうけど、これだと踊りやすいのだろうか？　いやいや、ロウソクは踊るためにあるもんじゃないから。

大島ちゃんが使い捨てライターでキャンドルに火を点《つ》け、プレーヤーに針を落とした。CDではなく、LPレコードってところが、雰囲気でている。

エリック・サティの『おまえが欲しい』が流れた。古き良きパリの、都会的で明るい、少しだけけだるいワルツだ。窓枠が、よく磨かれた床にひし形の影を作った。横山ジイジは自慢するだけあって、なかなか達者に踊っている。ダンスは得意中の得意……と胸を張った真理子さんも、とってもきれいだ。

キャンドルの炎は揺れ、一度ならず消えかけたが、次の瞬間には息を吹き返す。

それはとてもきれいな光景だった。真理子さんと横山ジイジが踊る。二人の手の中の小さな炎も踊っている。今まで見たことのない、新しい芸術みたいだ。地球の上のこの小さなダンススタジオの中だけに、別な時間が流れ、別な芸術が生まれ、わたしたちは息を飲んでそれを見守っている。そして、踊りが終わったとき、ジイジが見た夢は現実になり――。

ある意味、それは現実になった。

スタジオのドアが容赦なくたたき開けられ、幼い女の子を連れたカンガルーが乱入して来たのだ。

それは確かに、乱入と呼ぶような騒々しいものだった。なにせ、からだも頭も手足もでっかいカンガルーの着ぐるみが、ずかずか、ずかずか、と押し入って来たのだから。カンガルーは背中に昆虫的な――ミツバチのような羽を付けていて、顔ははなはだしく可愛くなかった。

「野々花！　ののちゃん！」

横山ジイジが、カンガルーの連れている女の子を見て声を上げた。でも、踊り終えるまで火を消してはならないという約束にしばられ、まだ真理子さんと手を握り合っている。

「こんにちはー！」

カンガルーは、ぴょこんと飛び跳ねながら、そういった。ボイスチェンジャーを使ったみたいな、もったりした低い声だった。

「ぼくは、妖精ティンクルだよ！」

はい？

これが、横山ジイジの夢に出てきたという妖精？

いや……妖精って感じじゃないし。

いやいや……そんなことよりも、妖精ティンクルは実在したのか？

夢枕に告げたダンスのおまじないを、見届けようとやって来たとか？

（そんなわけないでしょ）

野々花ちゃんを連れたカンガルーは、着ぐるみらしい左右に揺れる歩き方で、ずかずかと二人に近付き、火を吹き消した。着ぐるみが息を吹いて火を消すなんて出来るわけないけど、実際に、カンガルーはそれをやってのけた。

キャンドルを持って踊れといったくせに、踊り終えるまで火を消すなといったくせに、自分で吹き消してたら世話ないじゃないか。

この矛盾した行動の後、カンガルーは、こういった。

「ブー、残念でした！　罰ゲームは、野々花をさがせ、だよ！」

カンガルーは野々花ちゃんを連れ、来たときと同じ勢いで、ずかずかとドアに向かう。

わたしたちは気を呑《の》まれ、身動きも忘れていた。

ジイジと真理子さんも、まだ手をつないだままで固まっている。

「ま——待て！　こんにゃろー！」

最初に正気を取り戻したのは、大島ちゃんだった。ダッと駆け出して、カンガルーの後ろ姿に飛びつく。

はずみでカンガルーの巨大な頭が大きく揺れた。

そして、取れた。

中は、空洞だった。

大島ちゃんはカンガルーの頭を抱えて、尻もちをついた。

空っぽの着ぐるみは、胴体だけで走り去ってしまう。

離れた場所から見ただけだけど、胴体の方にも人が入っているようには見えなかった。

頭でっかちの着ぐるみだったから、胴体部分から中の人が見えないとなると、身長は百三十センチくらい？　だとしたら、子どもが入ってふざけている？　その子どもは、いったいどうやって横山ジイジの夢のことを知ったのか？　だいたい、子どもだろうが大人だろうが、どうして着ぐるみの動作がアスリート並みに素早く力強いのだ。常識的に考えて、あんなバランスの悪いものを装着してたら、もっとよたよたしてしまうだろう。

「ののちゃん――」

横山ジイジはようやくわれに返り、真理子さんから手を離した。

吹き消されたロウソクを見つめ、顔から血の気が引いてゆく。

燕尾服のポケットチーフの代わりに入れていたスマホを引っ張り出すと、指をもつれさせながら画面をタップした。

「もしもし、恭子さん。今、野々花は――」

ジイジの声は、電話の向こうのお嫁さんに遮られた。

電話から伝わって来る狼狽の気配に、わたしたちまでパニックを起こしそうになる。スピーカーホンにしていないのに、恭子さんの声はわたしたちにも聞こえた。

――野々花が居ないんです！

半狂乱になった恭子さんが、言葉をもつれさせて、野々花ちゃんが消えた経緯を話している。わたしたちは四人して茫然《ぼうぜん》と、開け放たれたままのドアを見つめていた。

3　野々花をさがせ

警察には、恭子さんがすでに連絡している。制服を着た警官が二人来て、野々花ちゃんの居なくなった状況を聞いた。十一時ころに恭子さんが幼稚園に現れて、義父が急病だからと、野々花ちゃんを連れ帰ったのだそうだ。

ジイジはもちろん急病になんかなっていないし、恭子さんもそんな口実で野々花ちゃんを連れだしてなんかいない。警察は首をかしげ、恭子さんは大混乱におちいって、野々花ちゃんの行きそうな場所を駆けずり回った。その結果は、落胆と混乱にうちのめされるだけだった。

わたしたちは二手に分かれて、野々花ちゃんを探すことにした。

ジイジと真理子さんはすっかり良い感じのチームになっていたから、二人で組んだ。残りのわたしと大島ちゃんは、あてもなく街に繰り出すことになった。

「敵は、妖精ティンクルよね」

「それはじいさんの夢の話だろう」

「だけど、あのカンガルー、妖精ティンクルだって名乗ったじゃない。しかも、ジイジたちのキャンドルを吹き消してさ。ジイジの夢のことを知っていたわけでしょ」

横山ジイジは、夢の話をわたしたちのほかには話していない。そりゃあ、大の大人が妖精ティンクルに願いをかなえてもらうなんていいだしたら、高齢ゆえの病におかされたと思われるかも、だ。

つまり、カンガルーの着ぐるみは、ジイジの夢の関係者だということになる。

「だから、それがあり得ねえっつーの」

「あり得ないことが、目の前で起こったのよ」

わたしは、いらいらといった。

着ぐるみはからっぽだったのだ。からっぽの着ぐるみが、どうやって動くのだ？どうやって、キャンドルを吹き消すのだ？

それすなわち、超常現象ではないか。

そんな馬鹿な、とはいえない。たそがれ探偵社は幽霊を相手に商売をしているし、大島ちゃんだって、ちょっと前までは自分の死のナゾを求める幽霊だったのだから。

だけど、大島ちゃんはしょうこりもなくいった。

「そんな馬鹿な」

「妖精ティンクルは、『罰ゲームは、野々花をさがせ』だといったよね。自分でロウソクの火を吹き消すなんて反則をして、だよ。あいつの目的は、いったい何なわけ？」

「知るかよ」

「ふん。今のは問題提起。別に、大島ちゃんから答えが返ってくるとは思ってないよ」

野々花ちゃんの幼稚園近くの児童公園で、わたしたちは、そんないい争いみたいなことをしていた。

それが本格的なケンカにならなかったのは、ケンカになる前に、あのカンガルーの姿を見つけたからだ。

本物ではない。児童公園に建て付けられた町内会の掲示板に貼ってあった、演劇のパンフレットに載っていたのだ。ミツバチ的な羽を付けた、不細工で頭でっかちの、あのカンガルーが。

「おい、これ――」

大島ちゃんも、パンフレットの写真に気付いた。

そこには、こう記されている。

劇団とんぼだま講演『おねがい！　妖精ティンクル』

裏面には、数枚の舞台写真が載っていた。

大人の役者たちが、野球帽をかぶって半ズボンをはいたり、ちょうちん袖のブラウスにつりスカートをはいたりして、子どもであることを表現している。そんな大人子どもたち数名と対峙《たいじ》して、あのカンガルーの着ぐるみがワルツを踊るみたいなポーズをとっていた。

『妖精ティンクルは、四次元の世界からやって来たカンガルー！　ティンクルにお願いしたら、どんなことでもかなえてくれるよ。だけど、そのためには上手にダンスができなくちゃ。子どもたちは、ひとりの友だちを助けるために、ティンクルに願いごとをすることにした。だから、ダンスの練習を始めたんだ!』

お芝居は、ちょうど野々花ちゃんの年頃の子どもが対象らしい。

「夢に妖精ティンクルが出てきたけど、ジイジはそれまでは見たこともなかったっていってたよね」

「いや、じいさんは忘れていただけだ。孫がこの劇を観て、じいさんにも写真か何かを見せたんだろう。それで、全ての説明がつく」

「つかないよ」

ジイジの夢と、現実に起こったことの整合性がとれているのは?

着ぐるみがロウソクを吹き消した――つまり息をしていたことは?

「偶然だろ、偶然」

空っぽで動いていたことは?

「目の錯覚だ」

「大島ちゃんは、ティンクルに飛びついたんだから、近くで見たよね。中に人が入ってた?」

「…………」

大島ちゃんは言葉につまる。

そして、野々花ちゃんが首なしティンクルに連れ去られたことは？

「いくぞ」

ズボンのポケットに両手を突っ込んだ大島ちゃんが、背中を丸め加減にのっしのっしと歩き出した。

「待ってよ。どこに行くのさ」

「劇団とんぼだま」

大島ちゃんはお芝居のパンフレットをあごで指して、また歩き出す。わたしは慌てて、追いかけた。

＊

パンフレットに載っていた劇団の住所には、何の変哲もない民家が建っていた。表札の横に自作の看板が掛けてある。

――劇団とんぼだま事務所。

表札には平野《ひらの》朱山《しゅざん》と筆文字で書かれていた。

ドアホンを押すとすぐに、モニターから「どなた」としゃがれた声がした。

「妖精ティンクルのことで教えていただきたいんですが」

大島ちゃんが、別人みたいに礼儀正しくいった。

「ファンの方かな」

「ええ、はい、ファンです」

大島ちゃんに、こんなリップサービスがいえるなんて、意外だ。

「待ちなさい。今、開けるから」

言葉どおり、ドアはすぐに開いた。現れたのは、うすくなった髪の毛をバーコード状に後ろに撫でつけてポニーテールに結った、自称芸術家という感じの人物だった。白目の黄色い小さな目にぎこちない笑いを浮かべて、朱山さんはわたしたちを、家に招き入れた。

「これを見なさい、漆原一作《うるしばらいっさく》が劇団を立ち上げたころの写真だ。わたしはそのころ、大手の銀行に勤めていてね。漆原はまだ全くの無名だったので、食うや食わずだ。わたしがよく飯をおごってやったもんだよ」

漆原一作というのは、有名な俳優だ。映画にも出る、テレビにも出る、自分の劇団ももっている、演劇の代名詞みたいな人である。そんな有名人を引き合いにだして、恩着せがましいことをいう朱山さんは、本人の意図に反してなかなかの小人物ぶりを発揮している。

平野家の住まいは、小さくて古めかしくて庶民的だった。ビーズののれんで仕切られたダイニングには、テーブルに出来合いの弁当の容器とペットボトルのお茶が載っている。おびただしい数の写真が壁を埋め尽くし、箒《ほうき》とちり取りと千羽鶴が壁に掛けられていた。ティッシュの箱の代わりに、トイレットペーパーが無造作に置かれている。

茶渋のついた湯飲みは、一つ。ここには、ほかに住んでいる家族は居ないようだ。

「アレルギーがひどくてね。はなをかむのは、きみ、トイレットペーパーが一番だよ。ティッシュなんて、ちゃちなものは、わたしは好かないね」

「はあ……」

朱山さんは、畳の部屋にわたしたちを座らせると、腕組みをしていよいよ本格的に語り出す。

「わたしが東京を捨てたのはね、都会では本当の芝居ができないと思ったからだ。芝居のため、定年まで勤めあげた東京を後にして、この土地を選んで根を張った。後進の育成に努め、最近では幼児教育に力を入れている。小学校に上がる前の子どもたちに、本物の芝居を観せるのだ。なかなかやりがいのある仕事だよ」

出合いがしらに始まった朱山さんの自分語りは、こちらが口をはさむ間もあたえず、とうとうと続いた。

「あの――あのあのあの――妖精ティンクルの着ぐるみは、こちらにありますか？」

わたしは決死隊のごとく、朱山さんの息継ぎの合間に言葉をねじ込む。

「ああ、ティンクルね。さっきもいってたな」

朱山さんは、こうべをめぐらせた。

「あれ? いつもは、ここに置いてあるのだが」

ダイニングの横の和室を見て、朱山さんは首をかしげた。

「ないんですか?」

大島ちゃんの目が、さっと細くなる。

「ないね。団員のだれかが持っていったかな? いやいや——そうだ。貸し出しているのだ。今日はミドリ屋でイベントがあるから」

ミドリ屋というのは、地元に本店があるデパートだ。

「ティンクルの着ぐるみは、ほかにも?」

「どうして、そんなことを訊くのかな?」

「ええと、ファンですから」

「ティンクルは、ひとりだよ。この世に一人、妖精ティンクル。わたしはねえ、ティンクルに命を救われたんだ。こちらに移ってから、癌《がん》が見つかってさ。これが大変な代物で、手術ができない場所にあるっていうんだよ。そんなときだった。夢の中におかしなカンガルーが出て来てさ、わたしにいうわけだ。キャンドルに火を灯《とも》して、ダンスをしろってさ。踊り終えるまで火が消えずにいたら、わたしの命を助けてくれるってね」

わたしと大島ちゃんは、横目と横目で会話した。

「踊ったんですか？」

「踊ったよ。東京から家内が見舞いに来ていたから、一時帰宅してね、けいこ場に連れて行って、二人でキャンドルを持って『美しき青きドナウ』をブンチャッチャ、ブンチャッチャと踊ったんだよ。家内は呆れて文句をいうけど、そんなの聞いちゃいられない。こっちは命がかかっているんだ」

「夢でカンガルーがいったのを信じたんですね？」

「きみね、溺れる者はワラをもつかむってことわざを知ってるだろう。わたしに夢のお告げが下ったんだよ。実行しないでいられるものか」

「そのとき、ティンクルは現れませんでした？」

「何をいっているのかね？」

質問の意図をつかみかねて、朱山さんは不機嫌な顔になる。

「すみません」

「ともかく踊ったよ。ロウソクの炎は消えなかった。家内はわたしの頭がどうかしたと思ったらしいが、そんなの気にしていられなかった。そして、ティンクルは約束を守ったのだ。わたしの癌は眠ってしまったんだよ」

「眠るんですか？」

「あいにくと、消えたんじゃないのだ。たしかに、まだ同じ大きさのものがある。しかし、それっきり大きくなることも転移することもなく、余命を五年も超えてわたしはぴんぴんしているというわけだ。それで、わたしは恩返しに、ティンクルを世に出そうと決心した。夢に出てきたままの、羽のある頭でっかちなカンガルーの着ぐるみを特別注文して、ティンクルのために脚本も書いた。

幼稚園や保育園を回って、子どもたちにティンクルの芝居を見せた。クライマックスには、キャンドルに火を灯して役者たちを踊らせたかったんだが、子どもたちが真似をして火遊びをしたらいけないと先生たちからダメ出しをくらってね。教育者はときに教育をむしばむと思うよ。――これ、わたしが考えた名言」

名言と、自分でいうか。

「この子に、芝居を観せましたか」

大島ちゃんは、スマホを取り出して野々花ちゃんの写真を表示した。

朱山さんは興味深そうにスマホに見入っていたけど、かぶりを振った。

「大勢の子どもたちを相手にしているんだ。いちいち、おぼえていられんよ」

「ティンクルは、願いをかなえてくれる……って設定なわけっすか？」

朱山さんは、強調するように繰り返す。

「ティンクルは、願いをかなえてくれるんだ」

大島ちゃんは、口をとがらせて考え込んだ。朱山さんは再び自らの栄光の日々について語り出したんだけど、大島ちゃんは立ち上がってのしのし玄関に向かった。

「待ってよ、大島ちゃん」

わたしは、朱山さんにぺこぺこ頭を下げておいとまの挨拶をすると、大島ちゃんを追いかけた。

「今度は、どこに行くのよ」

「ミドリ屋」

「ああ、ティンクルが出張しているデパートね」

けちんぼの大島ちゃんにしては珍しくタクシーに乗ったんだけど、降りるときになったらさっさと自分だけ出てしまって「コギャル、払っといて」ときたもんだ。わたしは確かに大金持ちの娘だけど、お小遣いは毎月三千円と決まっているのだ。ここで、千二百円も払ってしまったら、残りの日々をどうやりくりしろというのだ。

「領収書ください」

わたしはお釣りとレシートを受け取って財布にしまうと、ぷんぷん怒って大島ちゃんを追いかけた。

デパートといっても地方都市のことだからそんなに広くはないんだけど、入口に看板が立ててあって『妖精ティンクルの握手会　６Ｆ催事場（先着二十名さまに、食パン一斤進呈！）』と書かれていた。

ところが六階の催事場に行ってみると、デパートと劇団のスタッフの人たちが、会場の後片付けをしている。カンガルーの着ぐるみは居なかった。わたしたちと同じく、遅きに失した若いお母さんが、駄々をこねる坊やに手を焼いている。

「ティンクルに会う――ティンクルにサンダーキングのフィギュアを買ってもらうー」

坊やよ、あのカンガルーはあんたをフィギュアに変えてしまうことはあっても、ヒーローのフィギュアを買ってくれることはあるまいよ。

ブチ切れたママに引きずられるようにして坊やが去り、大島ちゃんは現場を監督している背広姿の人に話しかけた。

「ティンクルは、どこっすか？」

「え？」

背広の人は、きょとんとしてから、慌てたように周囲を見渡した。首から下げたストラップカードケースには、広報課長・市村富彦《いちむらとみひこ》と書いてあった。市村さんは、カンガルーがまだ会場に居るものと思っていたようだ。その姿が見えないので、慌てだした。

「おいおいおい。着ぐるみはどこに行った？　紛失なんてなったら、平野先生から大目玉を食らうどころじゃ済まないぞ」

「さっき、あっちの方に行きましたけどね」

緑色のポロシャツを着たスタッフが、右腕をまっすぐに伸ばした。そっちには、トイレとエレベーターと非常階段がある。着ぐるみのままトイレには行かないだろうし、あの着ぐるみで、階段の昇降は無理だ。となれば、エレベーターでどこかに行ったということ？

「あの――あの――ティンクルに、首は付いてました？」

ダンススタジオに現れた着ぐるみは、大島ちゃんにタックルされて、首なしのまま逃げたのだった。着ぐるみは一着しかないというから、横山ジイジのダンスの邪魔をしたティンクルと、ここでイベントに出たティンクルが同一人物（？）だとしたら……。

いや、それもおかしい。

イベントは、終わって間もないという雰囲気だ。

ティンクルは今さっきまで、ここに居たみたいだ。

だとしたら、ダンススタジオに行けるはずはないではないか。

「このちびっこ、来てませんか？」

大島ちゃんは、市村さんに野々花ちゃんの写真を見せている。市村さんは、首をかしげて申し訳なさそうにいう。

「わたしも、ずっと会場に居たわけじゃないし。一人一人のお客さまの顔までは覚えていないですね」

「そっすよね、いや、いいです」

大島ちゃんがスマホをスーツの内ポケットにしまっていると、市村さんに電話が掛かってきた。わたしが背伸びして覗き込むと、液晶画面には警備員室と表示されていた。

——課長、どういうことですか？

少し年配らしい男の人の声が、もれ聞こえた。

——着ぐるみが、社用車を運転して行きましたよ。危ないから止めようとしたんだけど、強引に急ハンドル切って——。どうしますかね、警察に連絡しますかね。

その急ハンドルであぶない目に遭ったのか、電話の相手（たぶん警備員）はおかんむりだ。市村さんは「待て。すぐ行くから」と答えて電話を切る。

「着ぐるみにだれが入っていたか、わかるか？」

「進藤《しんどう》です。進藤大貴《だいき》」

緑ポロシャツのスタッフの一人が答えた。

「あいつ——早退の届けを出していたっけ」

市村さんは、ぶつぶつとひとりごとをいった。

「どこかに行くとか？」

わたしは空気に溶け込むような声で、そっと尋ねる。

「薬研《やげん》渓谷でキャンプだとかいってましたね」と、スタッフ。

それを聞いた大島ちゃんは、わたしを促してその場を後にした。

エスカレーターを降りながら、真理子さんに電話を掛ける。

「真理子、横山のじいさんといっしょに薬研渓谷に行け。キャンドルを忘れるな」

電話の向こうから「あの……、あの……」ともじもじする気配が伝わってくる。大島ちゃんは強引に電話を切ると、わたしを見た。

「コギャル、薬研渓谷までのタクシー代――」

「あるわけないでしょ！」

「しゃーねーなー」

大島ちゃんは舌打ちをして、それでもタクシーに乗ってたそがれ探偵社に向かった。何が、しゃーねーなー、だ。結局、そのタクシー代までわたしが払ったんだぞ。

＊

大島ちゃんの運転するスズライトＳＬで薬研渓谷に向かった。

渓谷は海に突き出した半島の背骨部分にあり、ちっこいクルマでは二時間近くかかった。

「コギャル、おれ、マジおっかねえんだけど」

「何が？　夜道の運転が？」

「じゃなくてよ。あの着ぐるみな、幽霊だぜ」

「ほんとに？」

ダンススタジオに現れたカンガルーは、幽霊だからこそ頭が取れても平気だった。中身がからっぽでも、動き回れたのだ。そして、今、幽霊着ぐるみは、進藤大貴というミドリ屋の社員に取りついて、社用車で薬研渓谷に向かっている。

「大島ちゃん、すごい。なんで、わかるの？」

「探偵だからな」

大島ちゃんは、かっこつけて「ふふふ」と笑った。

「で、〝犯人〟の目的は何よ」

「まだ、わかんねえ」

「なんだよ、尊敬して損したよ」

わたしはせまい助手席でずっこける真似をしてから、「あっ」と声を出す。

「野々花ちゃんも、いっしょなの？　野々花ちゃん、幽霊に連れて行かれたってこと？」

「うん」

その答えは「うん」と「ううん」の中間だった。たぶん、これも「まだ、わかんねえ」ということだろう。

4　願いごと

渓谷は月に照らされて、ぞっとするような美しさを見せていた。

木々は怪物みたいで、川は寝そべる龍みたいで、蛍がクリスマスのイルミネーションみたいに点滅しながら、視界の全てを占めて飛び交っている。虫の音《ね》は、街よりずっと多い。上空で風が鳴っていた。肌に触れる空気は、寒いくらいだ。

真理子さんと横山ジイジは、わたしたちとほぼ同時に山に到着して、車道の尽きるところにクルマを停めた。同じ場所に、ミドリ屋のロゴが描かれたライトバンがある。

「ののちゃん！」

「ちびっこ！」

四人は思わず駆け寄ったけど、クルマの中にはだれも居なかった。

「どういうことなの？」

「たぶん──」

大島ちゃんは、蛍と月に照らされた、闇の風景を眺めまわす。

「果たし合いだな」

「だれと、だれの？」

「じいさん、あんたとカンガルーの化け物の決闘ってわけだ」

「わたしの？」

「唐突すぎて、わかんない」

大島ちゃんは、わたしが食い下がっても無視して歩き出す。

「どこ行くのよ」

「たぶん、こっち」

「どうして行先《いきさき》がわかるの？　ひょっとして、元幽霊の勘とか？」

大島ちゃんは「まさか」といって、タテ折りになったカラフルな紙を取り出した。

魔境に通じる秘密の地図か？　広げて見ると、地元商工会が発行した観光イラストマップだった。わたしは、またしてもずっこける真似をした。

「この緊張感のない地図は、なんなのよ」

「果たし合いの舞台は、それなりに目立つ場所だろうと思ってさ」

「つまり？」

この一帯で一番目立つ場所とは、渓谷にかかる吊《つ》り橋《ばし》だ。

そこに辿り着くのは、ちょっとばかり苦労したけど、物語の先を急ぎたいので苦労話は省略する。

結果として大島ちゃんの勘だか確信だかは当たっていた。

吊り橋の向こう側に、野々花ちゃんが居た。小さな手で、カンガルーの着ぐるみのグローブみたいな手を握っている。

「よく来たな、じいさんとその他の者」

ジイジは孫娘の姿を見て逆上し、その他扱いされたわたしたち三人も鼻息を荒くした。

カンガルーは、もたついた低い声で、橋の向こうから呼ばわる。

「火を灯して、踊りながら来たれ！　その火が消えずば、願いをかなえて進ぜよう！」

ジイジは急いでキャンドルを取り出したけど、大島ちゃんが手で制した。

「願いとは？」大島ちゃんが声を張り上げる。

「祖父と孫娘の縁が、切れぬという保証なり」

「どうして、急に文語体なの？」

わたしの突っ込みは無視された。

ジイジと真理子さんはキャンドルを一つずつ持ち、大島ちゃんが使い捨てライターで火を灯した。夜風が吹いているから、火を点けるだけでかなり苦労した。吊り橋はロープと木材でできた危なっかしい造りで、下を流れる川まではかなりの距離がある。高所恐怖症の人だと、かなり怖いだろう。

「ジイジ、大丈夫？」

「大丈夫なもんか」

横山ジイジは、まさに高所恐怖症らしい。

「年を取ると、高いところが怖くなるものなんだ。若いころは、まったく平気だったんだがなあ」

ジイジはぶつぶついう。

橋の向こうでは、カンガルーがボイスチェンジャー風の濁った声を張り上げた。

「始めるぞ。踊りながら、ここまでおいで。火が消えなければ、あんたの勝ちよ、よーい、ドン！」

そして、カンガルーはワルツを歌いだす。前にダンススタジオで鳴らしたレコードと同じ、エリック・サティの『おまえが欲しい』だ。なぜか、カンガルーの口（？）から流れたのは、ピアノ伴奏つきのソプラノの声だった。着ぐるみが歌うわけはないとして、どういう仕組みになっているのかは、まったくわからない。

いや、この際、音楽のこととか、着ぐるみの仕組みとかを、どうこういっているヒマはないのです。ジイジと真理子さんは、ぐらぐら揺れる吊り橋を、くるくる踊りながら渡り出す。真理子さんがはいているのはいつものヘップサンダルだから、足元があぶなっかしいったらない。

それより驚いたのは、カンガルーがのこぎりを出して吊り橋のロープを切り始めたことだ。

「こ、こらー！」

わたしは思わず怒鳴り、大島ちゃんに「静かにしろ」と怒られた。

いや、わたしを怒っている場合じゃないでしょ。ロープが切れたら、ジイジと真理子さんは渓谷へと真っ逆さまじゃないか。

ロープが細くなるにつれて、揺れは多くなる。

キャンドルの灯《あか》りは、今にも消え入りそうに細くなり、なんとか光を取り戻したと思ったら、また細くなり――。

夜風に乗って、退廃的なくらい明るいメロディが、優雅に響く。

蛍が光る、星が光る、そして、二人は橋の向こうに到着する。

「おめでとうございます。願いごとは成就しました」

邪悪なカンガルーは、ジイジの手にあっさりと野々花ちゃんを渡した。

緊張が途切れた真理子さんが、尻餅をついている。

そんなわたしたちが見ている前で、カンガルーの姿が消えた。大島ちゃんがいったとおり、幽霊さながらに消えてしまったのだ。

同時に、後ろの山道から女の人の声が聞こえた。それは野々花ちゃんを連呼していた。

「野々花――野々花――」

野々花ちゃんのママである。大島ちゃんに薬研渓谷へ向かうようにいわれたとき、ジイジはお嫁さんにもこの目的地を連絡していたらしいのだ。

野々花ちゃんのママは、危なっかしい吊り橋をダッシュして野々花ちゃんを抱きしめると、ジイジの手をとってほろほろ泣いた。

「お義父《とう》さん、ありがとうございます――ありがとうございます」

＊

ジイジの活躍の全てを、お嫁さんに説明するのは不可能だ。邪悪なカンガルーの着ぐるみ、その名も妖精ティンクルが出現して――なんていったら、せっかく和解したのが、またこじれてしまう。

野々花ちゃんは不審者に誘拐されたものの、ジイジの活躍で助け出すことができた。犯人は、ジイジに敗れて逃げ去ったということで、ママは理解したようだ。

着ぐるみに入っていたはずの進藤大貴さんは、急な腹痛のためにキャンプを中止して、自宅で寝ていたという。だったら、だれがミドリ屋のクルマを運転していたというのだ？　それはやはり、妖精ティンクル――。

野々花ちゃんのパパとママは、結局のところ、別れてしまった。だけど、野々花ちゃんを助け出したジイジの活躍を、ママは認めないわけにいかなかった。離婚した後も、ジイジは好きなときに好きなだけ、孫娘に会ってよいと約束してもらった。

「妖精ティンクルに願いごとをしたのは、じいさんじゃなくて、あのちびっこだったんだよ」

大島ちゃんがそういったので、わたしは驚いてしまった。

「ええ？」

「ちびっこは、両親が離婚すると知って、じいちゃんに会えなくなると思ったんだろう。だから、妖精ティンクルに、ずっとじいちゃんに会えるように頼んだ。それで、ティンクルの魔法が発動したというわけだ」

野々花ちゃんを連れ去ったのも、ジイジにダンスのおまじないを実行させたのも、渓谷で吊り橋を切ろうとしたのも、全て孫娘の愛ゆえのこと？

「そっか」

わたしの胸に暖かい風と冷たい風が同時に吹いた。

それでも、野々花ちゃんの家族は壊れてしまった。それでも、野々花ちゃんはジイジにいつでも会える。

「そっか、そっか」

わたしは、百パーセントは納得できなくて、ぼそぼそつぶやいた。

第六話　幻想ラブレター

1　登天郵便局にて

登天郵便局は、狗山という低山の頂上にある。

盛夏に徒歩でここまで来るのは、この郵便局のお客の大半を占める亡き人にさえ、暑くて大変なことだった。その暑さも、八月下旬に入ると急速に弱まる。夏の名残に鳴くセミの声も、どこか胸の奥にツンと響く。むせかえる草いきれは、来年の夏までおさらばだ。

晴天に、水彩絵の具で描いたような、白い雲が連なっていた。

登天さんの焚火の前に、青木さんと赤井局長が並んですわっている。

鬼塚さんと、いつもの郵便配達夫も居る。

五人は横一列になって、焚火から上がる煙を見上げていた。

煙は文字となり、五人の胸にしみた。

島岡真理子さま

秋風の吹き始める今日この頃も、あなたは元気そうで、おしとやかで、美しくて、清らかで、親切で、優しくて、可愛くて、楽しくて、百点満点の女性です。わたしはどれほど言葉を尽くしても、あなたのすばらしさを語りつくすことはできません。

なぜ、あなたがわたしの妻になってくれたのか。地球上のどんなナゾよりも深いナゾです。なぜ、あなたがわたしを愛してくれているのか。地球上のどんな男よりもわたしは幸せです。どんな王さまも、どんな独裁者も、わたしにはかなわないのです。

ああ……ああ！

あなたは本当に、寛大で、温和で、賢くて、爽やかで、わたしの心をときにときめかせ、ときに和ませ、酔わせ、そして不安にさせます。

おとぎ話にあるでしょう？　分不相応に美しい妻を得た男は、お話の終わりにはきっと妻との永遠の別れが待っているのです。あなたを失ったら、きっとわたしは生きていられない。

真理子ちゃん、どうかわたしを捨てないでいてください。どうかわたしをきらいにならないでいてください。どうかわたしから去らないでいてください。あなたのためなら、煙草もやめる。お酒だってやめる。月に一回のカレーの日に、カレーを食べられなくたって構わないんだ。

愛《いと》しい真理子ちゃん、あなたに世界中のバラの花をささげたい。わたしの胸に咲いた、百億のバラの花をささげよう。だからきっと真理子ちゃん、わたしのそばに居てください。

ゲルマ電氣館　支配人

「この手紙、めちゃくちゃくちゃくさいわね」

青木さんが、はなをかみながらいった。

「いかにも、くそうござるな」

郵便配達夫が、黒い三角帽子をずり上げながら応じる。

「カレーって書かれてるから、カレーが食べたくなっちゃったよ」

赤井局長が、丸いお腹をぽんぽんと叩いた。

「クマ肉で」

鬼塚さんが、太い声でいう。

「福神漬けも忘れずに」

登天さんが、急いでそう付け足す。

夏の終わりのさびしい風は、出されなかったラブレターの煙を飲み込み、空にのぼった。

2　真理子さんの恋

夏休みがあと一週間しかない。

受験勉強は、もちろん一ミリもしていない。

宿題もしていない。なんと、一ページもしていない。

写させてくれと頼める友だちは居ないでもないんだけど、わたしにもちょっとしたプライドがあるのですよ。勉強なんてしていないよという人は、絶対にしている。だけど、わたしに限っては見栄《みえ》の張りようもなく、まったく何もしていないのだ。

ちょっと楠本さん、あんまりじゃない？　少しは勉強したら？

なんていわれるのは、本当に勉強していない身にとって、つらいことだ。

しかしながら「宿題、うしろから集めろー」という先生の号令に、きょときょと同類項をさがして、しかし皆の平然とした顔、顔、顔を見て愕然とし、白紙のドリルを出して職員室に呼び出されるのは、それよりもっとつらい。

ああ、神さま、お助けくださいまし！

そういうわたしの胸に、神さまのありがたいお言葉が響く。

あと一週間ある。

そうよね、あと一週間もあるもんね、どうせ友だちに写させてもらうんだから、プライドとか別にいいし。一瞬だけ決まり悪くて「てへ」っていえばいいだけだし。

ということで、真理子さんと二人で買い物に出かけることにした。

カンガルーの事件でひとさまのためにお小遣いを使いきってしまったことをお祖母さまにいったら、一万円のボーナスをもらったのだ。ああ、お金持ちバンザイ！

その何気ない買い物が、新たな騒動の幕開けとなろうなんて、わたしは知るよしもなかったのである。

「ちょっと……いやよ、信じられない……ていうか、どうして……」

Tシャツを買って、マグカップを買って、シャープペンシルを買って、ほくほく歩いていたとき、突如として真理子さんが慌てだした。駅前のアーケード街でのことだ。週末ではなかったけれど、夏休み中なせいか、街は混んでいた。勤め人らしい男の人も、多く行き来していた。

真理子さんは、ともかく取り乱してわたしの背中に隠れ、わたしを盾にして横に移動して、瀬戸物屋の看板のかげに入り込んだ。

「真理子さん、どうしたんですか？」

「しっ……、しっ……、しーっ……！」

真理子さんは懸命に身を縮め、まるで空気に溶けこもうとするかのように身じろぎせず、その緊張感のせいで余計にめだっていた。

そんな真理子さんの視線が追っていた人物は、もっと目立っていた。

W型の口ひげを生やした中年の男の人で、髪の毛をぺたりとなでつけ、黒に銀糸のストライプの三《み》つ揃《ぞろ》いのスーツを着て、執事かアンドロイドみたいに背筋を伸ばして歩いている。目がぎょろりとして、眉が太くて、美術の教科書に載っていたサルヴァドール・ダリに、ちょっと似ていた。つまり、なんだか、変なおじさんだった。

「だれなんです？」

わたしは声を押し殺して、看板の後ろに問いかける。

「わたしの、前の旦那さまよ……」

「えー！」

「しっ……、しっ……、しーっ……！」

聞くところによると、真理子さんは結婚していたらしい。しかも、怨霊から幽霊に昇格し、成仏するまでの短い間のことだったとか。つまり、婚姻届けを役所に提出したわけではないので、事実婚ということか。

「地獄からよみがえってきたから、顔を合わせられないわけですか？」

「地獄って……失礼ね……」

真理子さんは珍しく気を悪くする。

「そういう問題ではないの……」

「じゃあ、どういう問題なんですよ？」

「もう、愛していないのよ……」

夫婦だったときは、真理子さんの心は、あのWヒゲのおじさんとともにあった。心から愛していた。だけど、いったんあの世に渡り、閻魔庁の特別募集でこの世にもどった今、あんなに誓い合った固い絆が、真理子さんの心から消えてしまったというのだ。

「なんていうのかしら……？　うっそぴょーんって感じ……」

「そんな」

真理子さんは登場したときから男関係がクリアではなかったけど、情の篤《あつ》い人だとばっかり思っていた。なのに、伴侶への愛を「うっそぴょーん」なんていって忘れてしまうなんて、ややクズではないか。

わたしが呆れているうちに、Wヒゲのおじさんは通りの彼方《かなた》へと去ってしまった。

「あの人ね、ゲルマ電氣館という名画座の支配人なの……」

「めいが――ざ？」

「フィルムの名作映画を上映する、小さな映画館よ……」

「ん？」

なんだか、聞いたことがある。いや……いやいや、行ったことがある。以前、海彦くんと『吸血鬼ドラキュラ』を観に行った映画館だ。又従姉のスミレちゃんが、不登校だったときにヒマつぶしにそこでアルバイトをしていた。

＊

――いやあね。ヒマつぶしではありませんよ。大伯母さまに頼み込んで、ようやく雇っていただいたんだから。

電話をすると、スミレちゃんはゲルマ電氣館のことを、なつかしそうに語った。

今、お付き合いしている美男の彼氏とは、その映画館で出会ったのだそうだ。上品でおとなしくて奥手のスミレちゃんは、美男すぎる映写技師の有働《うどう》さんとお近付きになりたいがためだけに、うちのお祖母さまの札束の力を借りて、ゲルマ電氣館で働きだした。有働さんは、美しい顔に反してひねくれ者なんだけど、ともかく二人は両想《おも》いになれた。

「ところでさ、真理子さんって知ってる？」

――もちろん、知っているわよ！　わたしの心のお姉さまよ！　支配人の奥さまだった方なの。

真理子さんに関するスミレちゃんの記憶は、楽しく清らかなもののようだ。

――会いたいわ。真理子さんが消えてしまったとき、わたし、泣いたのよ。

「会えるよ」

――え？

「たそがれ探偵社っていう、しがない探偵事務所があるんだけど、そこが――」

あの世とこの世の結び目なんだよね、という前に、スミレちゃんは高い声を上げた。

――会いたいわ！　今すぐ行くわ！

「いやいやいや。もう夜だから、だれも居ないよ。明日になれば――」

――明日、行くわ！　ユカリちゃん、場所を教えて！

＊

真理子さんは立つ鳥跡を濁すタイプに思えたので、スミレちゃんが来ることは内緒にしておいた。でも、よく聞いたら、真理子さんの疚《やま》しさは、支配人への愛を忘れてしまったことに尽きるみたいだ。ゲルマ電氣館からあの世へと旅立つときも、円満に成仏したらしい。

だけど、実際にスミレちゃんがやって来たときは、真理子さんは悲鳴をあげて、事務机の下にもぐってしまった。

「どうしたのですか、真理子さん！」

「だって……だって……あんなに感動的に送ってもらったのに、今さらどのつらさげて、スミレちゃんに会えるというの……」

机の脚にしがみついて、真理子さんは頑《かたく》なにかぶりを振った。

「そんなこと、気にすることないわ。また会えたんですもの。逃げることじゃないわ。喜びあうべきよ。ね、真理子さん、ファイト！」

スミレちゃんは、真理子さんの前にしゃがみこんで、小さなガッツボースを作ってみせる。天然風味のスミレちゃんには、真理子さんが幽霊だったり、この世に再生したりの面倒くさい事情は、スキップ可能な項目のようだった。

「新しい人生を楽しむべきだわ。恋だって、尻込みなんかしていられませんよ」

スミレちゃんがそういったのは、ゲルマ電氣館の支配人との再会と再出発を激励するつもりだったにちがいない。

「あたし、好きな人が居るの……」

「わかっています。ゲルマ電氣館の支配人よね」

スミレちゃんが純真無垢《むく》にほほ笑むと、真理子さんは決然とかぶりを振った。

「え」

スミレちゃんが衝撃を受けて、言葉をなくしている。

それを見ていた大島ちゃんが口をはさんだ。

「ひょっとして、おれか？」

「まさか……」

真理子さんは煮え切らない口調で、はっきりと否定した。だから、わたしが軽い気持ちで、いった。

「真理子さんが好きなのは、高野さんだよね」

「どうして、それを……！」

これまでずっとわかりやすい態度をとってきたのに、真理子さんは秘密を知られたメロドラマのヒロインみたいによろめいている。そのかたわらでは、スミレちゃんがゲルマ電氣館の支配人に同情して、小刻みに震えていた。

＊

ゲルマ電氣館の支配人が、真理子さんに関する記憶を取り戻した。

スミレちゃんが、介護施設に入っている父方の祖母から、物忘れを抑止する処方薬を失敬し、それをこっそり支配人に飲ませたというのだ。怖いものしらずというか――。なんという、危ないことをするのだ。よい子は決して真似しないでください。

ゲルマ電氣館は、たそがれ探偵社と同じく、この世とあの世を結ぶ秘密スポットだ。一号館と二号館があり、普段は一号館だけが営業している。だけど、閉鎖されている二号館でレイトショーが行われることがあり、このレイトショーが〝くせもの〟なのだ。なにしろ、亡くなった人をあの世に送り出す特別な映画『走馬灯』を上映しているのである。

たそがれ探偵社で超常現象にかかわっているわたしもわたしだけど、亡き人を成仏させる映画館に押し掛けて働いていたスミレちゃんも、なかなかのタマだ。

そんな恐ろし気な場所で支配人をしているあのW型のひげのおじさんは、スミレちゃんに一服盛られて、忘れていた過去をすっかり思い出してしまった。つまり、真理子さんという恋女房が居たという過去を、だ。

スミレちゃんが、たそがれ探偵社のことを教えてしまったので、支配人はすっ飛んで来た。夏だというのに濃緑のビロードのスーツにルビーのカフスボタンを付け、真紅のバラを百本たずさえて、踊るような動作で探偵社のドアを開けた。

大島ちゃんは、びっくりして、食べていたお煎餅を口から落とし、わたしはビデオの肝心のシーンから目を離してしまった。だけど、もっと驚いたのは、当然ながら真理子さんだ。「あ……」と短い悲鳴を上げると、支配人を突き飛ばしてドアから駆け出し、非常階段を六階分駆け下りて走り去ってしまった。

「よほど、嬉しかったのかな？」

「そうは見えなかったよなあ」

大島ちゃんはお煎餅をひろって、ばりばり食べた。支配人はやはり暑いのだろう。シルクのハンカチで、汗を拭いている。

「彼女は帰ってきますよね」

「帰るよ」

大島ちゃんは太鼓判を押し、電話をかけた。

「もしもし。高野か？　非常事態だから、早く来い。すぐに来い」

電話に出た高野紫苑さんに向かってそういうと、相手が文句をいう前に通話を切った。

どういうシステムになっているものか、高野さんはこの世のものとも思えない迅速さでやって来た。まるで前に大暴れしたカンガルーの着ぐるみが、あっちとこっちに同時存在していたみたいに、だ。この人もやっぱり、超常現象の世界に所属しているんだろうなあ。

そして、高野さんが現れたとほぼ同時に、真理子さんも帰って来た。高野さんを見て頬を赤らめ、もじもじして、バレンタインデーで好きな先輩に本命チョコを渡す女子高生みたいな態度をとる。

「真理子ちゃん」

支配人のまん丸い目に、狼狽と失意が浮かんだ。真理子さんの意中の人が、自分ではなくこの若い美男なのだと悟ったのだ。

百本のバラの花が、リノリウムのはがれかけたゆかに落ちる。

そのばさばさという音を残して、支配人は立ち去った。肩を落とした後ろ姿の哀愁が、大人の恋愛など知りもしない中学生のわたしにも、痛いほど伝わって来た。

「真理子さん、ちょっと――」

わたしがたしなめようとしたとき、高野さんが「ちっ」と舌打ちをした。

「大島さん、つまらないことで呼び出さないでください。わたしは、この女性のための呼び鈴ではない」

そして、真理子さんに向き直る。

「きみも、きみです。現実にもどって来たのなら、現実的な恋愛をしなさい。ことわっておくが、わたしは恋愛などしない。きみの色目は、迷惑です。百本のバラの花に謝るがいい」

高野さんは、冷然と告げて立ち去った。

わたしはエアコンのスイッチを切る。部屋が冷え切ってしまったからだ。

真理子さんは、再びヘップサンダルを鳴らして非常階段を駆け下りる。そうして、翌日からたそがれ探偵社に姿を現さなくなってしまった。

３　事件

真理子さん失踪と、支配人の落胆に関して、わたしとスミレちゃんはすっかり責任を感じてしまった。真理子さんの惚れやすさも悪いし、高野さんの冷たさも悪いけど、軽率なわたしたちが招いた悲劇であることは、認めないわけにいかない。

それで、スミレちゃんとは、昼とはいわず夜とはいわず、密に連絡を取り合っていた。

支配人とゲルマ電氣館のことは、映写技師でスミレちゃんの彼氏である有働さんから、スミレちゃんへ、そしてわたしへと伝わった。

──真理子さん、たそがれ探偵社に出勤した？

「ううん。今日も無断欠勤。あそこ、ヒマなときは極端にヒマだから、別に困ってないけどね」

──大島さんは怒ってないの？

「全然。自分もヤンキーだったから、学校とかサボりまくりだったそうだし」

──だけど、わたし、責任を感じるわ。

「それをいわれるとつらい。わたしも責任を感じています。ところで、彼氏とはうまくいってる？」

スミレちゃんはおっとりしつつ、猪突猛進《ちょとつ》のお嬢さまだし、有働さんはクールで性格がキツくて、だけどいざとなれば案外と役立たずな男である。そんな二人は、凸凹コンビってヤツだろう。わたしが訊くまでもなく、彼らは幾久しく安泰のはずだ。電話でメールでスカイプで、そして足しげく会って、お二人さんはつねにアツアツなのだ。

——さっきまで電話で話してたのよ。

やっぱりね。

——今日ね、ゲルマ電氣館に筋金《すじがね》さんが来たんだって。

「スジガネ、さん？」

——筋金一郎《いちろう》さん。ゲルマ電氣館の常連なの。

バイトのスミレちゃんが辞めてしまったので、ゲルマ電氣館では支配人と有働さんが交替でもぎりの仕事をしている。ところが、有働さんは不愛想のうえにも不愛想で、おまけに美男だから、男性客にすごく心象が悪い。今日も、筋金一郎さんという常連とケンカになってしまった。

覚えていろよ、絶対に後悔させてやる！　こんな映画館、つぶしてやる！

とは、筋金さんの捨《す》て台詞《ぜりふ》。

——いつもお客さまが自分一人だから、自分さえ来なければ映画館が倒産すると思っているの。

うふふふ、とスミレちゃんは上品に笑った。

——実はね、真理子さんのファンが意外に多くて、居なくなってから困っていたのよ。

「え？　でも、映画館に居たとき、真理子さんは幽霊だったんでしょ？　有働さんにも見えていなかったんでしょ？」

——そうね。

「つまり、幽霊時代の真理子さんにファンが居たってこと？」

——見える人には、見えるから。

スミレちゃんがそんなことをいうけど、わたしとしては「ウソだあ」と反論するわけにはいかないのだ。なぜならば、わたしにも幽霊が見えるから。しかも、幽霊と生きている人の見わけがつかないとくる。

そもそも、真理子さんは幽霊っぽくないというか、ある意味で神秘的な女性だったた。そういう女性が好きな人にとっては、女神的な存在だったらしい。実際には女神じゃなくて、幽霊だけど。

——このあいだもね、ゲルマ電氣館に真理子さんのファンが来たみたいなのよね。有働さんは真理子さんの存在を知らなかったから——。

有働さんは、そっけなく「そんな人は居ません。居たこともありません」と答えた。

「そんなはずはない。隠しても無駄だぞ。わたしは彼女のことなら、何だって知っているんだ。真理子がここに居ることは、ちゃんと調べてある。今すぐ連れてこないと、後悔することになるぞ」

その人は五十歳くらいの、貫禄《かんろく》ある紳士だった。真理子さんが亡くなったのが平成七年だから、真理子さんが順調に年齢を重ねていたら同年代か。

「ともかく、そんな人は居ませんけど」

「きみじゃ、話にならん。責任者を呼べ」

「だれを呼んでも、居ないもんはいないし」

「いいから、責任者を呼べ。下っ端には用はない」

しつこい紳士は、どこまでも食い下がった。有働さんも愛想の良い人ではないが、こんな態度は無礼だと思う。

——でも、有働さんもお手上げだったから、支配人を呼んだんですって。

そのときは真理子さんがカムバックする前だったから（スミレちゃんが支配人に物

忘れ防止薬を飲ませる前だったから）、支配人も何のことやらわからず、とても困ったそうだ。

そのお客さんは、二時間も粘ったあげく、捨て台詞を残して帰って行った。

「また来るからな」

本当にそんなセリフをいう人が居るんだ。いくら粗忽《そこつ》なわたしでも、そんな人に真理子さんの復活を教えることはするまいと、心に誓うのだった。

＊

ゲルマ電氣館の支配人が、たそがれ探偵社を再訪したのは、真理子さんファンの困ったおじさんについて電話で聞いた翌日だった。

幸か不幸か、真理子さんは前に探偵社から飛び出して行って、まだ帰って来ていない。スマホは持っているらしいので連絡は付くのだけど、大島ちゃんは放置していた。かえすがえすも、大島ちゃんや真理子さんがスマホの契約をどうやったのか、不思議でならない。いや、この事務所の電気代とかガス代とかだって、どういう契約をしているのか、不思議だ。

で、わたしが不思議がるのはちょっと置いといて、だ。

わたしたち――つまり、わたしと大島ちゃんは、支配人がまた真理子さんに恋のアタックをしに来たのだと思った。だから、真理子さんはあれ以来もどっていないと告げた。そうしたら、支配人の元々あんまりよくない顔色が、土気色になった。

「困りました。実は――」

ゲルマ電氣館は、亡き人の過ぎ去った人生を上映して、あの世へと送り出している。そのときに観せる『走馬灯』という映画のフィルムが、盗まれたというのだ。

「やだ、大変じゃないですか」

わたしは、持って来たお茶を落としそうになった。

「いかにも、さよう。大変なことです」

支配人は、ピンと尖《とが》ったひげを震わせた。

「その犯人を見付けていただきたいのです」

「そういうことなら、引き受けるよ」

真理子さんの恋愛沙汰なら面倒を見切れないけど、盗難事件の調査なら探偵の仕事だ。しかも、あの世とこの世の結び目で起きた、不思議アイテムの盗難となれば、警察にはまかせられない。

大島ちゃんがそういうと、支配人は困ったようにとがったあごにさわった。

「いや、それがですな」

ゲルマ電氣館あてに、手紙が届いたという。

支配人は、それを背広の内ポケットから出して見せた。

島岡真理子を連れて来い。フィルムと交換だ。

八月二十九日、午後三時、駅前公園で待っている。

真理子が来なければ、フィルムを燃やす。

この映画館の秘密を、ネットに流す。

滝本翔

わざわざ差出人の名前まで書いてある。つまり、この泥棒は、名乗りを上げているのだ。それも、これも真理子さんに会いたいため？　犯人が名乗っているんだから、とっ捕まえて、盗まれたフィルムを取り戻せばいいのだ。でも――。

「八月二十九日って今日じゃん！　どうして、もっと早く相談に来ないんですか！」

「この脅迫状は、今朝、ポストに入っていたんですよ」

支配人も腹を立てているらしく、八つ当たり気味の高い声を出した。

「いくら名前が書いてあるからって、三時までには見つけられないよね」

「三時に駅前公園に行って、そいつをボコボコにすりゃいいんだろ」

大島ちゃんは、いとも簡単なことのようにいった。

「もしも相手が空手三段なら？　柔道五段なら？」

「相手がヒグマでも大丈夫だ」

とてつもない余裕を見せて、大島ちゃんは不敵に笑っている。

そして、お客さんを放《ほ》ったらかしにして、電話を掛け始めた。電話の相手は赤井さんという人で、鬼塚さんという人を連れて来てほしいと頼んでいる。

「ああ、その手がありましたか」

鬼塚さんという名前を聞いて、支配人は納得したようにひざを叩いた。わけのわからないわたしは、仲間外れになった気分を味わう。そして、思わず、大声をあげてしまった。

「あー！」

「どうした、コギャル」

大島ちゃんが、うるさそうにこっちを向く。わたしは、両手をばたばたさせて、脅迫状と真理子さんの事務机を交互に指さした。

「滝本翔って、聞いたことあるじゃん」

「はあ？　だれだ？」

「真理子さんのストーカーで、ヒモで、両親も彼女も困ったちゃんだった人！」

かつて、真理子さんがＤＶ男と付き合っていたとき、そんな真理子さんに付きまとい、とうとう自分が彼氏に昇格しちゃった男——それが滝本翔だ。でも、滝本翔の両親と元カノのいやがらせが白熱し、真理子さんは別の男性と心中事件を起こした。

「真理子ちゃん……」

わたしが真理子さんの男遍歴ダイジェストを早口で語ると、支配人は小刻みに震えだす。

お客さんのそんなショックに気を使うこともなしに、大島ちゃんは「そろそろ、真理子にも出て来てもらわねえとな」なんていい出した。

「大島ちゃん、真理子さんの居場所知ってんの？」

「知るかよ。でも、電話掛けたらいいじゃん」

「あ、そっか」

大島ちゃんは事務所にある古めかしい黒電話で、真理子さんの番号に掛けた。電話がつながったとたん、真理子さんの机のひきだしから着信音が聞こえた。真理子さんは、スマホをここに置いたまま、飛び出して行ったようだ。

「あちゃー、真理子のやつ。マジ使えねえ女」

「真理子ちゃんを悪くいうな！」

支配人は血相を変えて怒鳴る。

大島ちゃんは電子タバコをくわえて、蒸気を吐き出した。

「あのな、おっさん。おれたち出かけるんだけど、ここに赤井と鬼塚が来るからさ。

留守番しといてくんない？」

「むむ？」

支配人の返事を待たず、大島ちゃんはわたしを促して事務所を出た。

＊

滝本翔のことは捨て置いて、大島ちゃんは真理子さんの捜索にだけ労力を向けた。真理子さんを乗せたタクシーの運転者を突き止め、行き先が宝船駅だったことを聞きだす。駅前の観光バス案内書で、真理子さんとおぼしきヘップサンダルをはいた美人が、枯ヱ之《かれの》温泉行きの切符を買ったことを突き止めた。

「券売機の使い方がわからなかったようで、お手伝いしましたから、よく覚えていまます」

案内所のカウンターに座る女性は、両頰にえくぼを作ってそう教えてくれた。

「枯ヱ之温泉？」

わたしが頓狂な声をあげると、大島ちゃんはいやそうに顔をしかめた。

「そこって、行ったら帰れないとか、死人が行くとかいう、心霊スポットじゃねえのか？」

「そんな怖いところに、観光バスが行くわけないじゃん」

わたしは笑った。

「楠本観光グループがやっている温泉ホテルだよ。経営破綻した第三セクターから買い取って、お祖母さまが立て直したの。美肌の湯とか、スタイリッシュツアーとか、スイーツ食べ放題が人気なんだ」

わたしは、家で聞きかじったキャッチフレーズを並べた。

「ああ、お客さま。枯ヱ之温泉行きが、あと五分で十一番乗り場から出ますよ」

「大島ちゃん、善は急げだよ」

大島ちゃんを急《せ》かして十一番乗り場に駆けつけ、ほどなくわたしたちは車上の人となった。市街地を抜け、風景に田んぼや山並みが見えてくると、わたしは急に夏休みの宿題のことを思いだしてしまう。

（やばい。あと三日しかないよ）

わたしはスマホを取り出して、海彦くんにメールを書いた。

——海彦くん、宿題やった？

宿題を見せて、なんて格好悪いこと、どうせ頼むにしても、別の友だちにするべきだったろうか。いつになくうじうじ考え込んでいたら、返事は五分もしないうちに来る。

——やったよ。

——やったー！　写させて（^^;）

——いいよ。これから、持っていこうか？

——ごめん。今、たそがれ探偵社で捜査中。夕方六時くらいに、海彦くん家に行っていい？

——あ、ごめん。うち、今日取り込んでるから、こっちから行くよ。六時ね。

——取り込んでるってなに？

——両親の夫婦ゲンカ。父親が、母親にボーナスの額をごまかしてたんだって。

——それは、お母さん、怒るわ（笑）

話題は両親の夫婦ゲンカから、テレビドラマのことへ、犬と猫はどっちが可愛いかという問答に移り、海彦くんの従姉が飼っている亀のぽけっとちゃんのことに移る。

そんなふうにして、少しの時間の経過も感じないうちに、バスは枯ヱ之温泉に着いてしまった。

——ホシの潜伏先に着いたから、また後でね。

——ホシって危険なの？

——めっちゃ危険。スイーツ食べ放題とかに居るかも。カロリー満タンだよ。

——そういう危険か。じゃあ、くれぐれも、気を付けて。

——了解（笑）

わたしの危惧したとおり、真理子さんは一階のカフェでスイーツに囲まれていた。

こっちの顔を見たとたんに、びっくりして生クリームでむせて、逃げようとして椅子につまずいて顔から倒れた。

「真理子、事件だ。滝本翔がゲルマ電氣館から『走馬灯』のフィルムを盗んで、おまえを連れて来いと脅して来た」

大島ちゃんがしぶい声でいうと、真理子さんは大きな目を見開いた。

「翔くんが……？　でも彼とは、二十五年くらい会ってないのよ……」

「やつは、おまえがゲルマ電氣館に居たのを突き止めたらしい」

「もう……。困った人……」

食べ残した美味しそうなケーキに名残惜しい視線を投げると、真理子さんは立ちあがる。

大島ちゃんは、ケーキの上にのった特大イチゴを頰張りながら、後に続いた。

お会計は、なぜかわたしが払った。

＊

市街地行きのバスが、午後三時発だという。

「犯人の指定時間に間に合わねえ。コギャル、タクシー代……」

「あるわけ、ありません！」

わたしはぴしゃりといってから、一人で大股に温泉の建物へと引き返した。

大人二人が、追いかけて来る気配を背中で感じる。わたしは手下をしたがえた桃太郎みたいに、勇んで〝関係者以外立ち入り禁止〟の部屋へと乗り込んだ。大島ちゃんたちは、ホテルのマネージャーにつかまって門前払いを食らいかけている。

「大島ちゃん、早くして！」

わたしが会長室の前からエラそうにいうと、マネージャーはこっちに向かって来た。そのすきに、大島ちゃんと真理子さんがやって来て、止めるマネージャーと四人で会長室になだれ込む。

「あら」

マホガニーのプレジデントデスクで書類に向かっていた老婦人が、顔を上げた。

このお方こそ、だれあろう、うちのお祖母さまだ。

「あらあら」

お祖母さまは、わたしから、大島ちゃんと真理子さんに視線を移すと、驚いたように笑った。

「珍しい人たちだこと」

「会長――」

マネージャーが謝罪と闖入者《ちんにゅう》への叱責をどっちからいおうか迷って口ごもると、お祖母さまは細い手を挙げて、そのいい分《ぶん》を制した。わたしは、そのすきにお祖母さまの机に駆け寄った。

「ゲルマ電氣館から『走馬灯』を盗んだ犯人と、宝船駅前で三時に会わなくちゃいけないの。なんだかわかんないんだけど、そっちの方は、赤井さんと鬼塚さんって人が何とかしてくれるっていうけど。でもね、犯人が真理子さんに会わせろっていってて、でも、ここ発のバスが三時までないのよ」

わたしが早口言葉みたいに一息でいうと、お祖母さまは「やれやれ」と手を振った。

「そんなことばっかりして、宿題はどうしたの」

「今日、海彦くんに、答えを写させてもらう約束をしたよ」

「それじゃあ、少しも勉強にならないでしょう」

お祖母さまは溜《た》め息《いき》まじりにいうと、発言をとめられているマネージャーに向き直る。

「この子たちを、宝船駅前まで送ってやりなさい」

「しかし――」

マネージャーは、わたしをお祖母さまから引き離そうとする。わたしは、猛獣みたいに「がるるる……」といった。

「これは、うちの孫娘です」

お祖母さまがそういうと、マネージャーは油の跳ねる天ぷら鍋を前にしたように、のけぞった。

「これは、とんだ失礼を！」

「失礼は、こんなところに来た孫の方です」

お祖母さまは、まったくわるびれずにいった。マネージャーは、何といわれても恐縮しきりだ。

「しかしながら、ただいま運転手が出払っておりまして――」

「じゃ、悪いですけど、あなた、送ってやってちょうだい」

お祖母さまは、軽くいった。

こうして、わたしたちはお祖母さまの黒塗りのクルマで、宝船駅前まで送り届けてもらうことになった。

4　幻想ラブレター

かつて、胸のうすいひょろひょろした青年だった滝本翔は、肥満したおじさんになっていた。でも、真理子さんに熱烈に恋した気持ちは、少しも変わっていなかった。

真理子さんが彼の前から姿を消した後、滝本翔は家業を継ぎ、結婚をし、その間もずっと真理子さんを捜し続けた。真理子さんが事件に巻き込まれて亡くなってようやく、滝本翔の心の火は消えた。それからは、地道に働いた。すでに妻は古女房となり、子どもも大学生だ。

それなのに、ゲルマ電氣館で真理子さんを見付けてしまった。少しも年をとっていない、幽霊の真理子さんを、である。封印し、とうに消え果てたはずの恋心が再燃した。

そんなこととは露知らず、真理子さんは天国へと旅立ち、このたび出もどって来た。

その真理子さんを、またもや滝本翔は見つけた。

四半世紀を経て、真理子さんは相変わらず若くて美しいままだ。

家庭も仕事もマンネリのドンづまり。人生の倦怠期《けんたいき》に入っていた滝本翔の中で、何かがキレたのだろう。もはや、妻も子も世間体も、どうでもよかった。

「翔くん、おねがい……。もう、わたしのことは忘れて……」

「いやだあ！」

真理子真理子真理子真理子、おまえを殺しておれも死ぬ。

「なんで？」

鬼塚さんという、アメリカンコミックのヒーローみたいに逞《たくま》しい人に押さえつけられた滝本翔に、わたしは素朴な疑問を投げた。

「恋愛ってさ、自分と相手があるもんじゃない？　なのに、おじさんの場合、自分だけだよね？　それっておかしくない？　なんのために、告白するときにドキドキするわけ？　ふられたらおしまいだから、緊張するわけだよね。そのリスクを覚悟して、乗り越えるからこその恋愛なわけじゃん？　ふられたのに付きまとって、おまえを殺しておれも死ぬって、そういう権利、おじさんにないと思いますけど。つうか、奥さんと子どもが居るなら、その家族を幸せにする義務があるよね？」

「うるさい！　子どもに何がわかる！」

滝本翔は、鬼塚さんにヘッドロックをかけられた状態で吠《ほ》えた。

鬼塚さんが「コキッ」と首をひねる。

「子どもにだって、わかるんだ。おまえに、なぜわからん」

「うるさい！　他人に何がわかる！」

「う〜ん、鬼塚くん。この世にもあの世にも、話が通じない相手は居るんだよ」

ちょっぴりなまはげに似た感じの、赤井局長という人が鬼塚さんの肩をたたいた。片手には、映画のフィルムを納めた円盤状の缶を持っている。取り戻した『走馬灯』だ。

赤井局長は、滝本翔の目の前にズイッと進み出た。

「なつなんだよう」

「わたしの手を見なさいね」

空いている方の手をもたげ、太い人差し指を突き出す。そして、とんぼでも獲《と》るときみたいにくるくると回し始めた。

「あなたは、だんだん眠くなる。眠くなって、夢を見る。そこは、無限に続くお花畑――」

見ていたらわたしまで眠りそうになって、慌てて目を逸《そ》らした。

滝本翔は、鬼塚さんの太い腕の中で、こっくりこっくりし始めている。

わたしが目で問うと、大島ちゃんが鬼塚さんに手を振って歩き出した。

「あれは、赤井のおっさんの催眠術でな。滝本の意識から真理子に関する記憶を消去してるわけ。おれたちが着く前に、ゲルマ電氣館の支配人にも、同じことをしといたはずだ」

「え……」

真理子さんの表情が、硬直した。

大島ちゃんはそれに気付いたのかどうか、まったく平気な口調のままでつづける。

「だから、真理子はもう滝本のことも、支配人のことも、気にしなくていいわけ。たとえ、また顔を合わせたとしても、向こうはおまえに惚れたことまで忘れている。もう完全に、おまえはあいつらの過去から切り離されたってわけだ」

「そう、なの……」

真理子さんはうつむいて、足元の小石を蹴った。

それは、寂しく転がって、側溝の穴に落ちた。

＊

約束の六時に海彦くんが来たので、わたしは完成した夏休みの宿題をまんまと手に入れ、お礼といってはなんだけど海彦くんを夕飯に招待した。そのころにはお祖母さまも帰って来て、いっしょにテーブルを囲んだ。

アマダイの一夜干しと、ピーマンの肉詰め、茶碗蒸《ちゃわんむ》し、ほうれん草の白和《しらあ》え、ゴーヤーのおひたし、白菜の浅漬け。お祖母さま帝国のわが家の夕飯は、海彦くんには大好評だった。お母さんがわんこそばみたいにどんどんご飯をよそうので、海彦くんは四回もおかわりをしていた。食べ終わって皆でお茶を飲むときには、海彦くんはフォアグラ状態になっていた。

「消化薬を飲ませなさい。胃薬を」

薬大好きなお祖母さまが、そういって薬箱をとりに行く。

＊

愛しい真理子ちゃん。

登天郵便局の赤井氏に、きみのことを忘れろといわれたよ。

きみの人生と、わたしの人生は、もう決して交差しないのだそうだ。

覚えているとつらいだけだから、忘れてしまえといわれた。

本当にそうなのかと、もう一度尋ねるのは未練なんだろうね。きみは、決して喜ばないんだろうね。

赤井氏にいわれた時点で、本来ならば、わたしはきみを忘れているはずなのだ。だけど、わたしも生と死の境界で働く身だから、赤井氏の催眠術にはかからなかったのだよ。赤井氏はそのことに気付いていない。でも、まあ、いいじゃないか。ここは、だまされたフリをしていようと思う。

きみは、死から解き放たれ、この世界にもどってきた。新しい自由、新しい恋、そこにわたしが加われなくても、きみを苦しめるわけにはいかない。

だから、さよならだ、愛しい真理子ちゃん。

いついつまでも、美しくいてくれ。

そして、今度こそ幸せな恋をするんだよ。

もう一度いうね。さよならだ、わたしのいとしい人。

太陽はすっかり沈み、地平線に少しばかりの光を残すばかりだ。

秋虫が、伴侶を求めて鳴いていた。

その美しい音色は、登天郵便局の無限の花畑にどこまでもどこまでも響く。

局舎のドアに施錠した赤井局長は、まだ前庭で焚火をしている登天さんを見て、ちょっと驚いた顔をした。

「登天さん、残業ですか」

「今、帰ります。最後の手紙を送ってしまいたかったもので」

――もう一度いうね。さよならだ、わたしのいとしい人。

その文字は白くたなびき、星空にのぼって消えた。

本書は文庫書下ろしです。

|著者|堀川アサコ　1964年青森県生まれ。2006年『闇鏡』で第18回日本ファンタジーノベル大賞優秀賞を受賞してデビュー。『幻想郵便局』、『幻想映画館』（『幻想電氣館』を改題）、『幻想日記店』（『日記堂ファンタジー』を大幅改稿の上、改題）、『幻想探偵社』、『幻想温泉郷』の「幻想シリーズ」、『大奥の座敷童子』、『おちゃっぴい　大江戸八百八』、『芳一』（以上、講談社文庫）で人気を博す。他の著書に「たましくるシリーズ」（新潮文庫）、「予言村シリーズ」（文春文庫）、「竜宮電車シリーズ」（徳間文庫）、『おせっかい屋のお鈴さん』（角川文庫）、『小さいおじさん』（新潮文庫nex）、『月夜彦』（講談社）、『オリンピックがやってきた 1964年北国の家族の物語』（KADOKAWA）など著書多数。

幻想短編集《げんそうたんぺんしゅう》

堀川《ほりかわ》アサコ

講談社文庫
定価はカバーに
表示してあります

2018年9月14日第1刷発行

発行者――渡瀬昌彦
発行所――株式会社　講談社
東京都文京区音羽2-12-21　〒112-8001
電話　出版（03）5395-3510
　　　販売（03）5395-5817
　　　業務（03）5395-3615

デザイン―菊地信義
本文データ制作―講談社デジタル製作
印刷―――株式会社廣済堂
製本―――株式会社国宝社

Printed in Japan

ISBN978-4-06-512517-5

講談社文庫刊行の辞

二十一世紀の到来を目睫に望みながら、われわれはいま、人類史上かつて例を見ない巨大な転換期をむかえようとしている。

世界も、日本も、激動の予兆に対する期待とおののきを内に蔵して、未知の時代に歩み入ろうとしている。このときにあたり、創業の人野間清治の「ナショナル・エデュケイター」への志を現代に甦らせようと意図して、われわれはここに古今の文芸作品はいうまでもなく、ひろく人文・社会・自然の諸科学から東西の名著を網羅する、新しい綜合文庫の発刊を決意した。

激動の転換期はまた断絶の時代である。われわれは戦後二十五年間の出版文化のありかたへの深い反省をこめて、この断絶の時代にあえて人間的な持続を求めようとする。いたずらに浮薄な商業主義のあだ花を追い求めることなく、長期にわたって良書に生命をあたえようとつとめるところにしか、今後の出版文化の真の繁栄はあり得ないと信じるからである。

同時にわれわれはこの綜合文庫の刊行を通じて、人文・社会・自然の諸科学が、結局人間の学にほかならないことを立証しようと願っている。かつて知識とは、「汝自身を知る」ことにつきていた。現代社会の瑣末な情報の氾濫のなかから、力強い知識の源泉を掘り起し、技術文明のただなかに、生きた人間の姿を復活させること。それこそわれわれの切なる希求である。

われわれは権威に盲従せず、俗流に媚びることなく、渾然一体となって日本の「草の根」をかたちづくる若く新しい世代の人々に、心をこめてこの新しい綜合文庫をおくり届けたい。それは知識の泉であるとともに感受性のふるさとであり、もっとも有機的に組織され、社会に開かれた万人のための大学をめざしている。大方の支援と協力を衷心より切望してやまない。

一九七一年七月

野間省一